［法］莫泊桑 Guy de Maupassant

著

宋洋格 译

爱情游戏

Au Bord Du Lit

辽宁人民出版社

图书在版编目（CIP）数据

爱情游戏 /（法）莫泊桑著；宋洋格译 . —沈阳：辽宁人民出版社，2020.1
ISBN 978-7-205-09772-1

Ⅰ. ①爱… Ⅱ. ①莫… ②宋… Ⅲ. ①短篇小说—小说集—法国—近代 Ⅳ. ① I565.44

中国版本图书馆 CIP 数据核字（2019）第 254203 号

出版发行：辽宁人民出版社
　　　地址：沈阳市和平区十一纬路 25 号　邮编：110003
　　　电话：024-23284321（邮　购）024-23284324（发行部）
　　　传真：024-23284191（发行部）024-23284304（办公室）
　　　http://www.lnpph.com.cn

印　　　刷：天津旭丰源印刷有限公司
幅面尺寸：145mm × 210mm
印　　张：7
字　　数：120 千字
出版时间：2020 年 1 月第 1 版
印刷时间：2020 年 1 月第 1 次印刷
责任编辑：祁雪芬
封面设计：吉冈雄太郎
版式设计：新视点
责任校对：金丹艳
书　　号：ISBN 978-7-205-09772-1
定　　价：39.80 元

目 录

珍珠小姐　　　　　　　　　　　/001

修椅子的女人　　　　　　　　　/029

春夜　　　　　　　　　　　　　/041

沙莉　　　　　　　　　　　　　/051

珠宝　　　　　　　　　　　　　/069

骗局　　　　　　　　　　　　　/083

买卖　　　　　　　　　　　　　/095

木柴　　　　　　　　　　　　　/107

爱情游戏　　　　　　　　　　　/117

一个女人的供述　　　　　　　　/129

一个女雇工的故事　　　　　　　/139

遗憾　　　　　　　　　　　　　/171

永别　　　　　　　　　　　　　/183

月光　　　　　　　　　　　　　/193

孤独　　　　　　　　　　　　　/201

"甘柠露，甘柠露，新鲜清凉的甘柠露！"/211

珍珠小姐

啊,她就是一颗珍珠啊,一颗真正的珍珠啊!

01

那一晚,我竟然选了珍珠小姐做我的王后,我会冒出这个想法真是太不可思议了!

每年的三王来朝节[1],我都是在尚塔尔家过的。我们两家是世交,我的父亲是他们最亲密的朋友,从我孩提时代起,他就会带着我去他们家做客。之后,我也继续保持着这个习惯,而且我猜,只要我还活着,只要世上还有一个尚塔尔家的人,我就会一直延续这个传统。

但话说回来,尚塔尔一家都还挺奇怪的,即便他们住在巴

---

[1] 三王来朝节:即主显节,是纪念耶稣三次向世人显示其神迹的节日,教会规定于 1 月 6 日庆祝此节日。天主教更注重耶稣的第一次神迹显现,即其诞生时,大星引领东方三博士前来朝拜,显示出他是基督,故又称此节日为"三王来朝节"。按照传统,教徒们会在这一天分食一种薄饼,并在饼里藏一颗蚕豆或是一个小瓷人,吃到的人就是"国王",再由他来挑选"王后"。

黎,也像是住在格拉斯、伊沃托或是蓬塔穆松[1]。

他们在巴黎天文台[2]附近的一个小花园里有一座房子,一家人住在那里,就像住在外省一样。他们对于巴黎,真正的巴黎,简直一无所知,甚至从未猜想过它的样子,毕竟他们住得那么偏,那么远!不过,他们偶尔也会去巴黎走一趟,那都算得上一次长途旅行了。用他们一家的话来说,那是尚塔尔夫人要出门大采购。既然说到这儿了,那就先说说她是怎么大采购的吧。

珍珠小姐掌管着家中食橱的钥匙(衣橱的钥匙是由女主人自己掌管的),所以就由她来提醒家人:糖罐快见底了,罐头快吃完了,袋子里的咖啡也所剩无几了。

被告知存粮无多时,尚塔尔太太就开始清点剩余的食物,在小笔记本上做好记录。在记了一长串数目之后,她会先精打细算一遍,再花上好长一段时间和珍珠小姐商讨一番,最后两人达成一致,确定好每样东西的购入量,以满足未来三个月内一家人的食物用度。而需要采购的东西一般有:糖、米、李子干、果酱、盒装豌豆、扁豆、龙虾、咸鱼或是熏鱼,等等。

决定好清单后,就会定下出行时间,然后她们就乘着车顶带

---

[1] 在法国,人们把巴黎以外的地区都称作外省。格拉斯、伊沃托、蓬塔穆松均为法国外省的小城。

[2] 巴黎天文台:位于塞纳河左岸,在巴黎"老城"区。

有行李架的四轮马车去桥对面的"新区"[1]，再到一家很大的杂货店去大采购。

尚塔尔太太会和珍珠小姐一起低调出行，颇有些神秘的感觉，而后她们会在晚饭时间回来。采购过后，马车顶上堆满了各种纸盒布袋，好似搬家一般，而两人虽意犹未尽，也终究扛不住在车厢里颠簸一路后的疲惫。

在尚塔尔一家的眼里，塞纳河另一边的巴黎都是"新区"，住在那里的人怪诞不经，聒噪烦人，穷奢极侈，不知体面为何物，只知白天游手好闲，晚上寻欢作乐。然而，每当尚塔尔先生在报纸上看到一些新剧的推介，依旧会时不时带上两个年轻的女儿，去喜歌剧院[2]或是法兰西喜剧院[3]看戏。

女孩们如今一个十九岁，一个十七岁，是两位美丽的女孩。她们身材高挑，清纯可人，言行举止中都透露着极高的教养，这种教养有时还有些过头，以至于都没人注意得到这两个娃娃似的美人。我从未想过要引起尚塔尔小姐们的注意，更不用说去追求她们了，因为她们是那样纯洁无瑕，让人提不起勇气去跟她们搭讪，就算只是向她们敬个礼，都会叫人担心这么做会不会有所

---

[1]1852—1870年，巴黎进行了城市大改造，改造过的地区被称为"新区"，保留原本样貌的地区被称作"老城"。
[2] 喜歌剧院：即巴黎喜歌剧院，位于塞纳河右岸。
[3] 法兰西喜剧院：法国最古老的国家剧院，位于塞纳河右岸。

唐突。

至于她们的父亲，则是一位性格温和的人。他学识渊博，平易近人，而且非常真诚，但他最爱的还是清净、平和、恬淡的状态；在他的影响下，一家人都变得有些木讷寡言，而他却怡然自得地享受着这种凝滞不动的氛围。他博览群书，乐于闲谈，也很容易动情。因为缺乏同外界的交流和接触，以及和现实的冲突，他的神经变得非常敏感，哪怕是最微不足道的小事也会让他激动、躁郁、心神不宁。

不过，尚塔尔一家与外界还是有些往来的，只是交往对象非常有限，基本上都是他们在近邻中谨慎挑选出来的人家。除此之外，他们每年也会和住在远方的亲戚们互相拜访两三次。

而我则在每年的 8 月 15 日 [1] 和三王来朝节去他们家。就像天主教徒们要在复活节那天领圣体 [2] 一样，这种拜访仿佛也成了我的一种义务。

8 月 15 日那天，他们还会邀请一些别的朋友，可到了三王来朝节，我就是唯一一个外来的宾客。

---

[1] 公历 8 月 15 日是天主教徒们的圣母升天节，以纪念传说中的圣母玛利亚在结束在世生命之后灵体一齐被接进天堂。
[2] 领圣体：即圣体圣事，是天主教七件圣事之一，是司祭和教徒在弥撒中祝圣圣体后领受圣饼的仪式。

02

因此，如往年一样，这一年的三王来朝节，我来到尚塔尔家，与他们一家人共进晚餐。

按照惯例，我和尚塔尔夫妇以及珍珠小姐拥抱了一下，再向露易丝小姐和波利娜小姐深深地鞠了一躬。他们问了我许多事情，从林荫大道上的见闻到政治时事，从人们对"东京事件"[1]的看法，再到议员们近日的表现。尚塔尔太太的身材非常圆润，但她的想法和思维却给我一种正正方方的感觉，就像一块块被凿成方形的石头；面对政治讨论，她总会以这么一句话做结："这一切都不会有好下场的。"为什么我总会觉得她的想法是方形的呢？我也不知道，但每当听到她发表见解时，我的脑海中就会出现这么一个形状：一个正方形，大大的、四角对称的正方形。而有些人的看法就能让我想到圆滚滚的塑料环，每当他们就某些事发表看法时，他们的言语就开始滚动起来，然后十个，二十个，乃至五十个大大小小圆环般的想法就一齐滚来滚去，一个接着一

---

[1] 东京事件：此处"东京"指旧时越南北部十六省，西方人称之为"东京"，越南人称之为北圻。"东京事件"是指1883年6月至1886年4月期间法国与越南阮朝、中国清朝以及黑旗军在北圻发生的一系列战事。最后，法国胜利，并在北圻建立保护地。该事件还成为1884年中法战争的导火索。

个,一直滚到了天际。还有一些人呢,他们的想法就是带尖角的……当然啦,这些都是题外话了。

我们就和往常一样,入座用餐;直到晚餐结束,我们也没说什么有意义的话。

到了甜点环节,三王来朝饼被端上了餐桌。但事实上,每年都是尚塔尔先生做国王,我也不知道是回回都凑巧了还是他们家的惯例就是如此,反正之前每次都是他在自己的那块饼里吃到了小瓷人,然后再无一例外地宣布尚塔尔夫人就是他的王后。所以这次,当我咬下一口饼,却差点被里面一个硬邦邦的东西硌掉了牙时,着实感到意外。我慢慢地从嘴里拿出那个小异物,发现是一个比蚕豆大不了多少的小瓷人,惊讶地喊了一声:"啊!"大家都看着我,然后尚塔尔先生就拍着手大喊道:"国王是加斯东!是加斯东呀!国王万岁!国王万岁!"

接着,所有人都一齐欢呼着:"国王万岁!"就像多数人在有些奇怪的尴尬场面里会没来由地脸红一样,我的脸也瞬间红到了耳根。我垂着眼睛,端详着那枚被夹在指间的彩色小瓷人,好不容易挤出了笑容,又不知道该做些什么或说些什么。就在这时,尚塔尔先生又说道:"现在,你该选一位王后啦。"

这下,我就更蒙了。电光石火之间,千百种想法、千百种猜测一齐闪过我的脑海。莫非这是想让我在两位尚塔尔小姐中选择一个?难道他们是想用这种方式让我表明更倾心于哪位小姐?还是说父母长辈们想要和缓地、不动声色地促成一桩婚事？在每一个生有女儿的家庭里，一旦女孩成年，关于结婚的话题就会以各种各样的形式和方法，或是带着各种各样的掩饰和伪装，不停地被提起。我如坐针毡。一方面，会被牵扯其中的可能性让我忐忑不定；另一方面，露易丝和波利娜两位小姐那过分端庄内向的姿态也让我心生怯意。要以伤害其中一人为代价而在两人之中做出选择，就和要在两滴水中选出一滴来一样困难。更何况，一想到我将不由自主地被和这个并无实质意义的王权信物一样隐晦、一样不易察觉、一样悄无声息的手法拖进一段名为婚姻的冒险之中，我就更加惴惴不安，心慌不已。不过，我还是灵机一动，把那个象征王位的小瓷人递给了珍珠小姐。起初，其他人都很意外，但我猜他们之后应该还是对我周全细致的考虑感到非常满意，因为他们都热烈地鼓起了掌，高喊着："王后万岁！王后万岁！"

而那位可怜的老姑娘却彻底慌了神。她面露惧色，不住地颤抖，结结巴巴地说："不行……这可不行……不行的……别选我……我求求您……别选我……求您啦……"

直到那时，我才生平第一次仔细打量了珍珠小姐，揣测她到底是一个怎样的人。

我早已习惯在这个家里看到她，但她就像那些被放在屋子里的旧绒椅一样，虽然任人们从小坐到大，却从没被人们留意过，然而有一天，不知为何，你会仅仅因为一缕洒在座椅上的阳光而突然对自己说："嘿，这张椅子，也挺稀奇的呢。"这时你才发现，椅子的木头是能工巧匠精心打磨过的，布艺绒面也精美绝伦。简而言之，我从未留意过珍珠小姐。

我所知道的只是，她是尚塔尔家的一分子，仅此而已。可是她是怎么成为这个家庭的一分子的呢？又是以什么样的身份留在家中的呢？要知道，这个身材瘦长的女人，虽然竭尽全力地低调行事，却仍在家中有着不可被轻视的意义。一家人对她都很和善，她在家里的地位胜过管家，但仍不及亲人。而我也突然发觉了许多之前从未在意过的微妙差别——尚塔尔太太叫她"珍珠"，女孩们叫她"珍珠小姐"，而尚塔尔先生对她似乎更客气些，只称呼她为小姐。

我开始细致入微地观察起她来——她多大了？可有四十岁？没错，她四十了——我猛然发觉，其实她并不算老，只不过把自己打扮得比较老气罢了。尽管她的发型和服饰都有些引人发笑，但她本人却一点也不可笑，因为她自带一种质朴自然的优雅，可那丝本就影影绰绰的优雅，还被她自己小心地遮掩了起来。哎呀，多么古怪的人啊！我之前怎么会没有好好地观察过她呢？她总是梳着怪里怪气的发髻，留着老气滑稽的小卷，而那好似专属于年轻圣母的发型下面，是她那宽大又波澜不惊的额头，不过多年的忧愁在她额上刻下了两道深深的皱纹；接着，便是一双蓝色的、温柔的大眼睛,她的眼神总透露着羞涩、怯懦、谦和,却仍然那样美丽,始终保持着纯洁的光泽,充满着少女特有的惊慌和年轻人特有的敏感,但也盈满了往日岁月里的忧伤,而这些都没有让这双眼睛变得浑浊,反而让它们更显温润了。

她面容精致却不引人注意,那是一张并未经受过生命的大起大落与生活的大喜大悲就悄然黯淡的脸。

她的嘴巴是多么好看哪!她的牙齿多美啊!可她却连笑都不敢笑一下!

我不由得拿她和尚塔尔太太做起了比较,毋庸置疑的是,珍珠小姐要比女主人更优雅,更高贵,更自重,她简直比她好上一百倍!

我被自己的观察所得惊呆了。而此时,大家都倒好了香槟,我向王后举起了酒杯,字斟句酌地赞美了她一番并献上了祝酒词。我看得出来,她恨不得把脸藏进餐巾里,之后,当她的唇终于沾上那清澈的美酒时,大家齐声高喊:"王后喝酒啦!王后喝酒啦!"而她瞬间满脸通红,还呛了一口酒。大家都笑了,但我心里明白,这一家人都很喜欢她。

03

晚饭一结束,尚塔尔先生就拉住我的胳膊。那是他的雪茄时间，于他而言，这可是神圣的时刻。若是只有他一个人，他就会到街上去抽雪茄，如果有客人在家中吃晚饭，他就和客人一起到楼上的台球室，一边打球一边抽；因为那天是三王来朝节，晚上，台球室里还生起了火。我的老朋友拿起他那根做工精细的台球杆，专心致志地给球杆上了一层白垩粉后，对我说：

"小子，你先开始吧！"

尽管我已经二十五岁了，他却还是对我以"你"相称，毕竟他是看着我长大的。

于是我先开了球。有几杆我连撞两球，有几杆又打了空杆。因为我满脑子想的都是珍珠小姐的事，最终我还是没忍住，贸然问道：

"尚塔尔先生，请问珍珠小姐是您的亲戚吗？"

他停了下来，吃惊地看着我：

"怎么，你不知道吗？你不晓得珍珠小姐的身世吗？"

"不知道啊。"

"你父亲也没有跟你说过吗？"

"没有。"

"是吗？是吗？这可就怪了！哈哈，这可真奇怪！噢！但话说回来，这也确实是桩奇事啊！"

他沉默了片刻，又接着说道：

"而你也偏偏挑在三王来朝节问这件事情，这也太巧了！"

"为什么这么说?"

"啊!为什么!听着,那已经是四十一年前的事了。四十一年前的今天,也就是那一年的三王来朝节,我们还住在鲁伊-勒-托尔[1]的城墙上,不过我还得先跟你交代一下那所房子的情况,这样你才能明白后面的故事。鲁伊城建在一个山坡上,准确地说,是建在一个俯临着广袤草原的小山丘上。我们在那儿有一所房子和一座花园,花园是悬空的,因为古老的护城墙将它托在了空中。也就是说,房屋的部分在城里,临靠着街道,但花园则俯瞰着整座平原;而且像小说里写的那样,城墙壁里凿了一个暗梯,暗梯的尽头是一扇通往田野的小门;门前有一条公路,门上还安了一个大钟,而乡里人为了不绕大圈子,都爱走这个门给我们送日用品。

"现在你已经大概了解位置分布了,对吗?另外要说的是,那一年在三王来朝节之前,大雪已经连绵不断地下了一个多星期了,就像是世界末日一样。一登上城墙,便会被一种冷彻骨髓的严寒包围,满目都是银装素裹的世界,一望无际的冰雪仿佛给平原刷上了一层清漆,好像是上帝把大地打了包,送上了古老世界的顶楼。相信我,那场景着实凄凉。

"当时,我们全家都住在一起,家里有好多人,真的很多,

---

[1] 此为作者虚构的地名。

有我的父亲、母亲、舅舅、舅妈,还有我的两个哥哥和四个表妹——那是四个美丽娇俏的姑娘,而我娶了最小的那一个。刚刚提到的这些人里,现在还在世的也只剩下三个了,也就是我和我的妻子,还有她住在马赛的一位姐姐。该死的,好好的一个大家族,如今也凋敝至此!想到这一点,我就伤心不已。而那时,我也就十五岁,可如今我都五十六岁了。

"我们那时很开心,真的非常开心,因为就要庆祝三王来朝节了!就在所有人都在客厅里等着吃晚饭的时候,我的大哥雅克忽然说:'有一条狗在平原上叫了十分钟了,那可怜的畜生肯定是迷路了。'

"他话还没说完,花园里的大钟就响了起来。那声音就像教堂钟声一样低沉肃穆,让人一下子联想到了死亡,大家都打了个寒噤。我父亲叫来了仆人,吩咐他出门看个究竟。所有人都屏息等待着,满脑子都是那铺天盖地的大雪。仆人回来报告说,他什么都没有看到。可是那条狗还是叫个不停,而且听声音,它似乎都没有挪过地方。

"开饭后,大家仍旧有些不安,尤其是我们这几个年轻人。一直到上烤肉的时候,一切都还正常,但之后又接连传来了三记钟声,那沉重的钟声让人指尖发颤,喘不过气来。我们面面相觑,刀叉都停在了空中,一个个都侧耳听着屋外的动静,只觉一阵超乎寻常的恐惧袭上心头。

"最终,我的母亲还是开口说:'过了那么久又回来敲钟,这也太奇怪了。巴蒂斯特,再去看看吧,但别一个人走,哪位先生陪他一起去吧。'

"我的舅舅弗朗索瓦站了起来。他块头很大,常常为自己的孔武有力自得自满,是一个天不怕地不怕的人。但父亲还是嘱咐他说:'把猎枪也带上。谁知道会碰上什么事呢。'

"可我舅舅只拿上一根手杖,随即就和仆人出门了。

"留在屋子里的人都忧心忡忡,食不下咽,也说不出话来。父亲试图安抚我们,说:'等着看吧,我猜那人不是乞丐就是在雪天里迷了路,他敲了一次钟后,见没有人马上开门,就打算再去找找路,可是没找到,所以又回来敲我们的门了。'

"我们感觉舅舅好像离开了有一个钟头。等他终于回来的时候,却听到他怒气冲冲地咒骂着:'半个人影都没有,肯定是有人在玩恶作剧!别的嘛,就只有那条狗在离城墙差不多一百米远的地方叫个不停。刚才我要是带着枪,早就给它一枪让它闭嘴了。'

"我们继续用餐,但依旧非常忐忑,有种预感一直盘桓在我们心里:这件事还没完,还有事会发生;总感觉下一秒,那钟声就会再次响起。

"而当我们分三王来朝饼的时候,果真又传来了钟声。所有男人都站了起来。弗朗索瓦舅舅刚喝了点香槟,叫嚣着一定要去杀了它，母亲和舅妈见他怒不可遏的样子，连忙起身拦住了他。我的父亲非常镇静，虽然他腿脚不太灵便（他以前从马上跌下来过，摔折了一条腿，之后就只能拖着那条瘸腿走路了），但也表示自己想出去看看到底是怎么一回事。我的两个哥哥——一个十八岁，一个二十岁——都跑去拿了枪，而我瞧没人注意到我，也拿上了花园里的短气枪，自说自话地跟上了探险队伍。

"大家立刻出发了。父亲、舅舅还有提着灯的巴蒂斯特走在最前面，哥哥雅克和保罗紧随其后，我不顾母亲的阻拦，跟在了最后面，她便只好和舅妈以及表妹们等在房门口。

"雪又下了一个小时，厚厚地盖在树上，宛若苍白的外套，差点压塌了杉树，丛丛树影看起来就像一座座金字塔或是一个个巨大的糖堆。视线透过细密雪絮交织的灰色帷幔，只能隐约看到一些小灌木，它们的轮廓在黑暗中已变得十分模糊。雪实在是下得太大了，十步开外就看不清什么了，幸亏那盏手提灯在我们眼前打出了一道耀眼的光束。老实说，当我们沿着墙壁里的暗梯旋转而下的时候，我是真的有点害怕了。我总感觉有人跟在我身后，好像就要抓住我的肩膀把我拖走了。我好想往回走，可是要回家，就得自己穿过一整个花园，那会让我更害怕。

"我听见通向平原的门被打开了，然后便听到我舅舅又开始咒骂：'该死的，又走了！这狗……东西，要是让我瞧见它的影子，我准一枪崩了它！'

"平原看上去着实阴森恐怖,或者说,是它给人一种阴森恐怖的感觉,因为我们根本看不清它的模样,我们所能看到的,只有无边无际的白雪纱幕,四面八方,无所不在。

"我的舅舅又叫了起来:'听,那狗东西又在叫了!我这就让它见识见识我的枪法!这么做总没坏处!'

"但我父亲心善一些,对他说:'还是先去找找它吧,那可怜的家伙肯定是饿急了才这么叫唤的;那是一种呼救,它的状况肯定很糟糕。它就像遇险的人类一样,在乞求帮助。咱们快去找它吧。'

"我们继续往前走,穿过了雪夜的帘幕,穿过了连绵厚重的落雪,穿过了充斥于整个黑夜、狂舞于空中的雪絮。那雪絮纷飞飘扬又纷纷落下,一边融化,一边冻结着我们的肌肉,每一朵白色的雪花在触及我们肌肤的时候,像火燎一般,留下了短暂而又激烈的疼痛。

"齐膝的积雪柔软又冰冷,我们前行时必须要把腿高高抬起才能迈出下一步。越往前,狗吠声便越清晰,越响亮。舅舅突然大喊:'它在那!'我们立马停下来观察起四周,就好像面对潜伏在黑夜中的敌人,必须先按兵不动一样。

"可我什么都没有看见,直到我赶到别人身边,才看到了它。那是一条既可怕又奇特的狗,大大的,黑黑的,是一只毛很长、头像狼的牧羊犬;手提灯在雪地上投射下一道光,而它就四腿直立地站在光的尽头。它一动不动地留在原地,而且顿时安静下来,看着我们。

"我舅舅说:'奇了怪了,它怎么既不冲上来,也不退开去呢?我真想朝它开一枪。'

"我父亲不由分说地阻止了他:'不,还是把它带回去吧。'

"这时,我哥哥雅克补充道:'这不光有条狗。它旁边还有什么东西呢。'

"它身后果然还有一团灰灰的东西,但也看不清个究竟。于是,我们又小心地往前走了几步。

"见我们靠近,那条狗便向后坐下。近看,它一点也不凶恶,甚至好像因为终于吸引来了人而感到开心。

"我父亲径直朝它走去,抚摸了它,而它也回舔了他的手。我们这才发现,它被拴在一辆小车的轮子上,那辆玩具似的小车被三四层毛毯裹得严严实实的,我们轻柔地揭开了毯子,巴蒂斯特把手提灯挪到了那个好像移动窝棚的小车的门边,只见里面躺着一个酣然入睡的婴儿。

"我们都惊讶得说不出话来。

"还是父亲最先恢复了镇定。他淳厚善良,有时也容易感情用事,他当即把手放在车顶上,说:'可怜的弃儿,以后你就是我们的家人了。'然后便吩咐哥哥雅克推着这个意外的发现走在前面。

"我父亲又自言自语道:'这一定是个意外降临的孩子,无助的母亲联想到了圣婴[1],所以选在三王来朝节的夜晚敲我们的门。

"他又停下来,用尽全力,朝着四周的夜幕大喊了四遍:'我们把孩子带走了!'然后,他把手搭在我舅舅的肩膀上,低声说:'弗朗索瓦,要是你刚刚真的朝狗开了枪,会造成什么样的后果呢?……'

"舅舅没有回答,但是他暗中画了一个大大的十字。虽然他总是自吹自擂,但实际上是一个非常虔诚的教徒。

"我们解开了系在狗身上的绳子,它就一路跟在我们身后。

"啊!回家后发生的事情还要有趣。首先,要通过暗梯把小车抬上城墙就费了好大一番功夫,不过我们还是成功了,并一路把车推到了前厅。

"我母亲又开心又惶恐的表情可逗了。四位小表妹(最小的那个当时才四岁)就像四只围住鸡窝的小鸡。我们把还沉浸在梦乡里的婴儿从小车里抱了出来。那是一个约莫六周大的女孩。她的襁褓里还有一万法郎的金币,是的,一万法郎!父亲代管了那笔钱,以备日后给她做嫁妆用。不过,这也说明她不是穷人家的

---

[1] 圣婴:即"婴儿耶稣",天主教徒庆祝三王来朝节主要就是为了纪念耶稣诞生。

孩子……她可能由某个贵族和普通小市民家的女孩所生,也可能是……我们提出了各种假设,却仍旧一无所知,并且永远都无从知晓真相……永远……都不能……就连那条狗也没有人能认得出来,它应该不是当地的狗。不过不管怎样,我们可以断定的是,那个敲了三次门的男人或女人,一定十分了解我的父母,才会选择了他们。

"这就是珍珠小姐在六周大的时候来到尚塔尔家的经过。

"不过,我们是挺久以后才开始叫她'珍珠小姐'的。最初洗礼时,我们给她起的教名是'玛丽·西蒙娜·克莱尔','克莱尔'就算是她的姓了。

"回想起来,当我们把婴儿带进饭厅的时候,真的好玩极了。小家伙已经醒了,用那双迷惘懵懂的蓝眼睛看着周围的人和屋里的光。

"我们回到餐桌,开始分三王来朝饼。我当上了国王,又选了珍珠小姐做我的王后,就像您刚刚那样。当时,她肯定都不晓得,有人为她献上了这样一份敬意。

"就这样,我们收留并抚养了这个孩子。她逐渐长大成人,一晃就是好几年。她是一个善良、温和、谦逊的姑娘。大家都很喜欢她,要不是母亲拦着,我们都得把她宠上天去了。

"母亲是一个非常注重门第和等级的人。她不介意像对待自己的儿子那样对待小克莱尔,但同时又认为她与我们一家之间的界限仍需明晰，规矩还得立好。

"所以，女孩刚能懂事的时候，母亲就把她的身世都告诉了她，并且以一种非常软绵的，甚至是温柔的方式，在女孩的脑海中根植了一个意识：她对于尚塔尔家而言只是一个养女，她不过是寄人篱下而已，总的来说，她就是一个外人。

"克莱尔在领悟力方面有着惊人的天赋，她立即明白了自己的处境；她十分懂得该如何把握并保留家人留给她的位置，永远都晓得要拿捏好分寸，要心存感激，要善解人意，这份心性时常让我父亲感动得潸然泪下。

"之后，就连我的母亲都对这个温柔可爱的女孩改变了看法，她被她那份热烈的感恩之情和带着些许惶恐的孝心深深地打动了，也开始叫她'我的女儿'。有时，当女孩做了什么善良体贴的事情时，母亲就会把她的眼镜推上额头——这是她心情激动时特有的表现——然后连声说：'啊，她就是一颗珍珠啊，一颗真正的珍珠啊！'此后，这个名字就给了小克莱尔，她便成了我们的珍珠小姐。"

04

尚塔尔先生沉默了。他坐在台球桌上，晃着两只脚，左手玩捏着一颗台球，右手揉搓着一块抹布——我们称那块抹布为"粉擦布",因为我们拿它来擦拭用粉笔写在石板上的分数;他脸颊发红,声音低沉,开始自言自语,他的思绪已经陷入回忆之中,迟缓地游走在重新浮现于脑海中的旧物旧事之间,就好似我们重回故居,去看了看伴我们成长的花园,那里的每一棵树,每一条小径,每一株花草都出现在眼前:尖角叶的冬青,散发着香味的月桂,果实肥美一捏就破的紫杉,每走一步,这些景物就会唤起一件过去的小事,一件微不足道但却让人回味无穷的小事,而正是这一件件小事组成了人生的本质,连起了生命的脉络。

我呢,依然面对着他,背靠着墙,两手拄着已经派不上用场的台球杆。

过了一会儿,他又说道:"天啊,她十八岁的时候真漂亮呀……是那么优雅……那么完美……啊!多么漂亮……漂……漂亮……又善良……诚实……迷人的姑娘啊!她那双蓝蓝的……蓝蓝的眼睛……是那样地纯澈……明亮……我再也没见过那样的眼睛了……再也没有……!"

他又不说话了。我问道:"她为什么不结婚呢?"

他回答了,但好像不是在回答我,而仅仅是回应那一闪而过的"结婚"二字:

"为什么?为什么!因为她不愿意……不愿意。她明明有三万法郎的嫁妆,也有好多人向她求过婚……可她就是不愿意。有段时间她心情很不好,那时我已经娶了和我订婚六年的小表妹夏洛特，也就是我现在的妻子。"

我看着尚塔尔先生，目光仿佛能直达他灵魂深处，而后猛然目睹了一出时常上演于诚实正直、无可指摘的心灵中的平凡而又残酷的悲剧，我看到的是一颗从不坦白也从不示人的心，然而任何人，哪怕是面对悲剧沉默不言、逆来顺受的受害者本人，都无法了解这样的心灵。

突然，在好奇心的驱使下，我问他：

"您本应该娶她的，是吗，尚塔尔先生？"

他浑身一颤，看着我，说：

"我？娶谁？"

"珍珠小姐。"

"为什么这么问？"

"因为您爱她胜过爱您的表妹。"

他双目圆睁地看着我，眼里写满了惊诧与慌张，然后吞吞吐吐地说：

"我……我爱她吗？……怎么会？谁告诉你的？……"

"那还用说吗？这不都明摆着嘛……您就是为了她才迟迟不履行婚约，让您表妹等了您六年的吧。"

他放下左手中的台球，两手抓着粉擦布，把脸埋在抹布里啜泣了起来。他哭的样子既可怜又好笑：整张脸就像一块海绵，眼睛、鼻子、嘴巴同时受到挤压，挤得他涕泗横流，口水直淌。他咳嗽了几声，吐了几口痰，便用粉擦布擤了擤鼻涕，他抹了抹眼睛，打了个喷嚏，然后脸上各个口子又一齐往外淌水，喉咙里还发出类似漱口的响声。

而我也有些手足无措，甚是愧歉，真想溜之大吉，因为我实在不知道该说些什么，做些什么，才能去弥补这一切。

忽然，楼梯里传来尚塔尔太太的声音："你们雪茄抽完了吗？"

我打开门，大声回复道："是的，太太，我们这就下来。"

然后，我跑到她丈夫身边，抓着他两肘，催促道："尚塔尔先生，朋友，听我说，尚塔尔先生，您太太正在叫您呢，冷静，快冷静些，我们该下楼了，快冷静下来。"

他磕磕巴巴地说："好……好……我这就走……可怜的姑娘……我这就去，告诉她，我马上就下去。"

他开始用那块抹布仔仔细细地揩起脸来，但那块布已经擦了两三年的粉笔标记了，于是擦过脸后，他面上便红一块白一块的，额头、鼻尖、脸颊上都沾着白粉，眼睛肿肿的，依旧盈着泪水。

我抓着他的手，把他拉近他的卧房，悄声对他说："我该向您道歉，尚塔尔先生，让您如此难过，实在是很抱歉……可是我真的不知道……请您理解……"

他紧握着我的手说："是的……是的……家家有本难念的经啊……"

说完，他就把脸浸在洗脸池里。当他抬起头时，我觉得还是有些不便见人，但我马上想到了一个办法。见他还盯着镜子里的自己犯愁，我便跟他说："您只要说眼里掉进了一粒沙子，就可以无所顾忌地在大家面前掉眼泪了。"

于是，他一边用手绢揉着眼睛，一边下楼了。大家都很着急，每个人都想帮忙找到那粒永远不会被找到的沙子，又七嘴八舌地说了很多类似的情况，最后结论都是必须要去找医生才行。

而我已经走到了珍珠小姐的身边，悄悄地看着她。强烈的好奇心折磨着我，让我感到痛苦。说真的，她早年间一定很好看，那双温柔的大眼睛，宁静似水，又包容又温柔，仿佛不曾像常人那般闭上过双眸。她的装扮是有点怪，透着十足的老姑娘的气息，这虽然隐没了她的光彩，却没有让她显得笨拙迂腐。

刚才在尚塔尔先生心中显露的一切，也都在她身上一一展现了，我仿佛一眼就将这位朴素无华、谦逊虔诚的女子的一生原原本本地看完了。但我的嘴唇总有一种发问的欲望，想问问她是不是也爱过他，是不是也像他一样默默地忍受着漫长沉重的痛苦，没有人看到，没有人知道，也没有人去揣测过她的内心，但夜深人静之时，她孤零零地待在漆黑的房间里，那种痛苦就会四处弥漫。我看着她，仿佛能看到她的心脏在束身胸衣下怦怦乱跳。我在想，这张天真温柔的脸是否每晚都会陷进被泪水浸润的枕头发出无限的叹息，这副身躯会不会躺在床上如同深陷火坑而抽搐颤抖,让她呜咽不止呢?

就像宁愿打碎玩具也要看看里面长什么样的孩子,我压低声音对她说:

"要是您看见尚塔尔先生刚刚哭得有多伤心,一定也会为他难过的。"

她的身体震了一下:"怎么,他哭了?"

"哦!对啊,他哭了。"

"为什么哭呢?"她好像非常激动。

我回答:"因为您啊。"

"因为我?"

"是啊。他跟我说了他以前有多么地爱您,而放弃您娶了他现在的妻子,对他来说是一种多么大的代价……"

她那苍白的脸颊仿佛扯动了一下,那双始终睁大的柔和的眼睛,一下子合上了,她的眼睛闭得那么突然,就好像再也不会睁开似的。接着,她从椅子上滑了下去,软绵绵地瘫倒在地板上,就像一条披肩飘落在地。

我大喊:"快来!快来帮忙!珍珠小姐不好啦!"

尚塔尔太太和两个女孩赶忙跑过来,趁着大家打水、找毛巾、拿醋的时候,我拿上帽子就开溜了。

我大步流星地离去,内心震颤不止,满是歉意和愧疚。但我偶尔也会暗自庆幸,觉得自己做了一件值得称赞且非常有必要的事情。

我自问:"我这么做是错的,还是对的?"以前,他们像把铅弹隐埋在伤口里一样,把这一切都藏在心底。可这样一来,他们会不会轻松一些呢?想重新点燃曾折磨他们的爱情,已为时过晚,但若想带着柔情怀念过往,还是来得及的。

或许,当下个春天来临之后,他们会在某个夜晚,因为一缕穿过树枝、洒在脚边草地上的月光而触景生情,他们会互相依偎,握着彼此的手,一起回忆那些压抑在内心的残酷伤痛;这短暂的亲密接触也许会让他们感受到从未体会过的震颤,让这两个已经形同死亡的人苏醒片刻,迎来迅猛的、神圣的陶醉和疯狂,而这份陶醉与疯狂,让一对情人在一阵战栗之间收获的幸福,要比别人一辈子得到的还要多!

修椅子的女人

果真,只有女人才懂得什么是爱!

致莱昂·埃尼克[1]

德·贝尔特兰侯爵举办的开猎晚宴已接近尾声。十一位猎人、八位女士和一位乡医围坐在一张被照得亮亮堂堂的大桌子旁,桌上摆满了水果和鲜花。

有人提到了爱情,便瞬间引起了激烈的讨论,毕竟这是一个永恒的话题,而大家也都想辩个清楚:人这一生到底是只够爱一个人,还是能无数次地坠入爱河。有人说了不少一辈子只诚挚爱一回的榜样,也有人举出不少反例,表明一个人可以爱好几次,且每一次都能爱得轰轰烈烈。总的来说,男士们都觉得激情犹如伤病,会一次又一次地侵袭同一个人,若是恋爱途中遇到什么阻碍,这种激情还能置人于死地。虽然这种说法难以驳斥,但女士们的观点更讲求诗意而不太在意实际观察,她们认为一个凡人一

---

[1] 莱昂·埃尼克(Léon Hennique,1850—1935):法国自然主义小说家和戏剧家。

生只能经历一次爱情，那样的爱情才是真正的爱情、伟大的爱情，它如同雷电，一颗心若是被它劈中，就会变得空虚无助，满是疮痍，最终成为一片焦土，人们再也无法在这颗心上播撒新的情愫，以及新的梦想。

侯爵曾谈过不少恋爱，因此非常反对这种信仰：

"我来说几句吧，一个人是可以全心全力地爱很多次的。你们列举了一些因绝望殉情的人，就把他们充作激情无法重燃的证据了。而我要说的是，如果他们没有任自杀这种傻事剥夺自己再渡情劫的机会，终能等到情伤痊愈的那一天的；然后，他们会重新去爱，不停往复，直至生命自然消亡。情痴就如酒痴，一朝枕曲藉糟便免不了多贪几杯，同理，一旦尝过绵绵情意就逃不过多爱几回。此事更关乎性情罢了。"

大家都想找个人来说句公道话，于是请那位隐退乡野的巴黎老医生谈谈他的看法。

而他也正好听不下去了，便开口说：

"正如侯爵先生所言，此事关乎性情。可我倒也听过那么桩爱情故事，故事里的恋情持续了五十五年之久，从未动摇，至死方休。"

侯爵夫人闻言拍手叫好：

"那真是太美了！这样的爱是多少人梦寐以求的啊！能被人这样刻骨铭心、矢志不渝地爱上五十五年，那真是一大幸事了！一个男人能得到如此真情，可真是太幸运了，他一定要好好感谢生活让他如此幸福！"

医生笑道：

"确实，夫人，您猜得没错，被爱慕的一方的确是一位男子。您还认识他呢，他就是镇上的药店老板舒凯先生。至于故事的女主角，您也知道，就是每年都会到您府上修软椅的女工。不过我还得把这件事说得更明白些。"

女士们的好奇心瞬间冷淡下来，她们扫兴的表情就好像在说："切！"仿佛在她们眼里，只有优雅的上等人才配去爱，因为只有这些人才值得引起他人的注意。

医生只是继续说：

"三个月前，我被请到这位老太太的床边，当时，她命已不久矣。她是前一天晚上驾车而来的，那辆车就是她的屋子，拉车的老马您也见过，她还有两只大黑狗，既是她的朋友也是她的守卫。我到的时候，神父先生已经在那儿了。她请我们去执行她的遗嘱，为了方便我们更好地理解她的遗愿，她还向我们诉说了她一生的经历。我不知道还有什么比她的故事更令人惊奇，叫人心碎的了。

"她的父母都是修软椅的工人，一家人居无定所，从未住进过建在地上的房屋。

"从幼年起，她就过着四处漂泊的日子，总是衣衫褴褛，邋邋遢遢，满身都是虱子。一家人每每经过村镇就会靠着村口的沟渠停下，大人卸车，马儿吃草，大狗就把鼻子往爪子上一搁开始睡觉；小女孩在草地上打滚的时候，她父母就在路边的榆树下心不在焉地修补村里各家各户的旧椅子；他们不大在这流动的居所内说话，只有在商量该轮到谁去走街串巷，吆喝那几句人人都听惯了的"修椅子咯"的时候，才会说上几句，随后，两人又开始面对面或者肩靠肩地搓捻稻草。要是孩子跑得太远或是想要和村里的顽童厮耍，父亲就会怒声喊道：'死丫头，还不赶紧回来！'这便是她听过的唯一一句充满温情的话了。

"等她再大一点的时候，大人就派她去收集破损的椅垫。于是，在各地走动的途中，她结识了一些男孩，可这时又轮到她那些新朋友的父母朝他们大喊：'臭小子，还不赶紧回来！让你再和叫花子说话！……'

"有些小孩还常常朝她丢石头。

"但偶尔也会有些夫人给她几个苏的小费，她都小心翼翼地保存着。"

"在十一岁的某一天，她又来到了这里，还在公墓后边碰到了小舒凯。舒凯哭得很伤心，因为一个同学偷了他两里亚[1]。他

---

[1] 里亚：法国古时辅币，一苏等于四里亚。

的泪水让她大为震惊——她一直过着贫苦的日子，而她那颗纯粹天真的小脑瓜一直以为，有钱人家的孩子是向来不知愁滋味的。她靠近舒凯，了解清来龙去脉后，便在他手里倒进了自己全部的积蓄：七个苏；他自然而然地拿走了钱，并擦干了眼泪。她开心疯了，大着胆子亲了他一口。因为他全部心思都扑在了那堆硬币上，也就由着她胡来了。女孩见自己既没有被骂，也没有挨打，就又亲吻了男孩。她全心全意地拥吻了他，然后就逃走了。

"那可怜的小丫头到底在想些什么呢？她是因为献出了漂泊旅途中的全部积蓄，还是因为献上了初吻才迷恋上这个男孩的呢？这无论对小孩，还是对大人来说都是一道难解的谜题。

"几个月来，她心心念念的，都是那个男孩和公墓一角发生的事。她一边渴望能再次见到他，一边在交货或是采购的时候，这里拿一苏，那里摸一苏地偷着父母的钱。

"等她回到这里时，她已经攒到两法郎了，但她只能站在男孩父亲的药店前，透过玻璃，在红色的短颈大口瓶和绦虫标本之间窥一眼那位穿戴整洁的小老板。

"可她却更爱他了，那些五颜六色的液体，那些晶莹剔透的玻璃瓶仿佛都闪耀着荣光，引诱着她，感动着她，让她心醉不已。

"她一直保留着那段难以磨灭的回忆。一年后，她在学校后边再次遇到了他，他正在和同学玩着弹球。她扑向男孩，将他紧紧抱在怀里，几近狂热地亲吻他，吓得他失声大叫。于是，为了安抚男孩,她把钱给了他:总共三法郎二十生丁[1],这笔'巨款'让男孩的眼睛都看直了。

"他拿走了这笔钱,便任女孩尽情爱抚了。

"四年间,女孩把所有积蓄一笔笔地倾倒在男孩手里,后者拿走钱,把这当作自己任其亲吻应得的报酬。有时一次是三十苏,有时是两法郎,还有一次只有十二苏(为此她还痛苦羞惭地哭了一场,可那一年她家里的境况确实太糟糕了),而最后一次,她给了他五法郎,那一枚又大又圆的硬币让男孩露出了满意的笑容。

"她满脑子想的都是他,而他也会略显焦急地等待着她的出现,每每看到她都会急不可耐地跑到她面前,此番举动总是让女孩面热心颤。

"后来,她就见不到他了。原来是家人送他去外地念中学了——这还是她多方打听来的。于是,她要了无数的小心眼,让父母改变了揽活的路线,好让他们在他学校放假的时候正好经过这里。她虽然成功了,却也耗费了整整一年的心力。因此,她隔了两年才重新见到他,而她也差点认不出他来。他的变化很大:长高了,变俊了,还穿着一身缝着金纽扣的制服。他对她视若无睹,趾高气扬地从她身边走过。

---

[1] 生丁:法国辅币,一法郎等于一百生丁。

"她整整哭了两天。余生无尽的痛苦也就此开始。

"每年,她都会回到这里。从他面前走过时,都不敢跟他打招呼,而他甚至都不屑于瞧她一眼。她对他的爱近乎疯狂。她告诉我:'在我眼里,这世上就只有他这么一个男人,我甚至都感受不到其他男人的存在。'

"父母去世后,她继续干着修椅子的活计,但她多养了一条狗——有两条凶犬相伴,就没有人敢欺负她了。

"一天,当她回到这座让她神魂颠倒的小城镇时,她看到一个年轻女子挽着她的心上人从舒凯药店里走了出来。那是他的妻子。他居然结婚了。

"那一晚,她跳进了镇政府广场的水池里。一个夜不归家的醉汉救了她,还把她带去了药店。小舒凯穿着睡袍下楼接诊,却装作不认识她的样子,他解了她的衣服,为她按摩,用一种生硬的语气对她说:'您真是疯了!怎么能做这种傻事呢?'

"可这简简单单的一句话,就瞬间治愈了她。他对她说话了!这就够她幸福很久了。

"无论她怎么坚持付他医药费,他都不肯要。

"她就这样度过了余生:一边修椅子一边思念着舒凯。每年,她都会在药店橱窗后望着他。她也会时不时去他的药店买些零散的药材,以便能近距离地看看他,和他说说话,再把钱交给他。

"正如我一开始告诉你们的,她在今年春天去世了。跟我讲了这段故事后,她还拜托我把她所有的积蓄都交给那个让她无怨无悔爱了一辈子的人。她说,她勤勤恳恳地干活,不为别的,只为了他一人而已;只要能存钱,即便是忍饥挨饿也没关系,只要她死后,他还能想起她,哪怕一次,也是好的。

"她交给我两千三百二十七法郎。我给了神父二十七法郎作为殓葬费用,在她咽气后,就把剩下的钱都带走了。

"第二天,我去了舒凯家。他们刚刚吃完午饭,夫妻俩还面对面坐着。他俩红光满面,大腹便便,身上透着一股药材的味道,以及一种自大自满的得意劲儿。

"他们请我坐下,还给我倒了一杯樱桃酒。我接过酒,便动情地将这一切都告诉了他们。我还以为他们会流下感动的泪水。

"但当舒凯明白这个无家可归的女人,这个修椅子的女人,这个低贱卑微的女人曾经爱过他后,便怒发冲冠,一跳而起,好似她玷污了他美好的名声,毁掉了上流社会给予他的赞誉,伤害了他个人的体面,而那些统统是他看得比生命还重要的东西。

"他的妻子和他一样愤怒,不停地喊着:'那个贱人!贱人,贱人!'除此之外,就找不到别的词了。

"他站了起来,大步走到桌子后面,头顶的希腊式软帽都歪到了耳边。他语无伦次地说:'医生,您知道这是什么意思吗?对一个男人来说,这种事真是太可怕了!怎么办呢?噢!我要是知道这个人的存在,早就让宪兵把她抓去坐牢了。我跟您打包

票,她要是进去了,就别想走出监狱的大门!'

"我惊呆了,不承想自己虔诚地替人完成遗愿,却会得到这么个结果。我不知所措,也无言以对。可我终究要完成我的使命。我又说道:'她还请我将她的积蓄全部转交给您,一共是两千三百法郎。不过,我看两位对此都非常抵触,那不如就把这笔钱捐给穷人吧。'

"两口子都目瞪口呆地看着我。

"我从口袋里掏出那笔令人心酸的钱,那些钱币来自不同的国家,印着各种图案,混着金币和各种钢镚儿。我问他们:'两位意下如何?'

"舒凯夫人先开了口:'怎么说呢,既然这是她……那个女人的意愿,那我们也不好拒绝啊。'

"男人似乎有点尴尬,但也接话道:'以后我们要给孩子们买点什么的时候,这钱也派得上用场。'

"我面无表情地回答:'请自便。'

"他又补充道:'既然是她拜托您这么做的,那就都交给我吧。我们会好好用这笔钱,多做些善事的。'

"我放下钱就告辞了。"

"过了一天,舒凯又来找我,一见面就问:'她……就是那个女人,不是还留了一辆车在这里嘛,您是怎么处理那辆车的?'

"'还没处理。您需要的话就拿走吧。'

"'太好了,正合我意。我想把它改装成窝棚放在我的菜园里。'

"他正要离开,我叫住了他,告诉他:'她还留下一匹老马和两条狗。您要不要也一并带走呢?'他停下,满脸诧异:'啊!不了,您说,我留着它们又有什么用呢?就随您处置吧。'说完他就笑了,还向我伸了手,而我也只能和他握了握手。我能怎么办呢?都是一个乡镇上的人,医生总不能和药店老板翻脸啊。我把两条狗留在了家里。神父有一个大院子,就把老马带走了。马车变成了舒凯家的窝棚,他还用那笔钱入了五股铁路债券。

"好了,这就是唯一一段能让我用'一往情深'来形容的爱恋了。"

医生说完了,侯爵夫人早已热泪盈眶,叹息道:"果真,只有女人才懂得什么是爱!"

春夜

从 来 没 有 人 对 我 说 过 这 些 ！

让娜要嫁给她的表兄雅克了。他们从小一块儿长大，从不拘泥于世人惯用的那套虚礼，也不曾怀疑过彼此的真心，他们之间的情谊简单来说就是：青梅竹马，两小无猜。女孩有些喜爱卖弄风情，时常对青年露出一副天真又娇媚的样子。她觉得青年温柔体贴，是一个非常不错的男子，每次见到他时，她都会不留余力地去拥抱他，但她的拥抱从不夹带一丝颤抖，那种让全身肌肤都蹙缩起来的颤抖。

青年的想法就非常单纯了，他只觉得："我的小表妹真可爱啊。"就像一般男子对待漂亮姑娘那样，他对待表妹总怀着一股发自本能的怜爱之情。但除此以外，他再无非分之想。

有一天，让娜无意间听到自己的母亲和其中一个姨妈的交谈——是阿尔贝特姨妈，莉松小姨是个还没有嫁出去的老姑娘。母亲说："我敢确定那两个孩子不久就会谈恋爱的，这也太明显了。不管怎么说，雅克在我心里，是最理想的女婿。"

于是，让娜瞬间爱上了她的雅克表哥。她看着他时会羞红脸，握着他的手时会颤抖，两人目光相接时，她会低垂下眼眸，再扭捏几下暗示对方拥抱自己,这些小动作非常刻意,让青年无法忽视。他明白了其中的含义,当令人自满的虚荣心和真真切切的爱慕之情一齐爆发的时候,他一把抱住了表妹,并咬着她的耳朵轻轻地说:"我爱你,我爱你!"

从这一天起,两人之间就只剩缱绻之言、甜蜜之语,往昔的亲密无间让他们可以毫不尴尬地用这种方式表达爱意。在客厅里,雅克会当着三姐妹的面亲吻自己的未婚妻——一位是他的母亲,一位是让娜的母亲,还有一位是莉松小姨。情侣俩常常单独出门散步,一走就是一整天,他们或在林间漫步,或沿河而走,或穿越湿漉漉的牧场,或信步于遍布野花的草地。他们一起等待着约定好的成婚之日,没有心急如焚,而是被一股让人愉悦的柔情蜜意包裹着,缠绕着;缺乏意义的爱抚,急躁紧绷的手指,多情炽烈的眼神,让他们久久品味那美好动人的魔力,久到足以让两个灵魂融为一体;他们感到自己被一种难以名状的欲望折磨着,却还不知那就是将对方紧紧搂在怀里的欲望,双唇在呼唤彼此姓名的同时,也在传递着不安与焦虑,就好像两人在试探着对方,守候着彼此,约定着终身。

有时,他们整日都怀抱着这种因克制而略显冷淡的激情,沉浸在柏拉图式的爱恋中,到了晚上两人便不约而同地因一种奇异的疲惫而深深地叹气,却不理解自己为何会发出这种充满期待的叹息。

两位母亲和她们的妹妹莉松小姨都和颜悦色地看着这对年轻的恋人，而莉松小姨仿佛尤其为他们感动。

莉松小姨是一个身材娇小的女人，她平常寡言少语，总是躲在角落里，也不发出什么声响，只有在吃饭的时候才会露个面，饭后又立马上楼，回到她成日待着的房间里去。她慈眉善目却显老相，目光温和却透着忧愁，在家里几乎没什么地位可言。

两位姐姐都已成了寡妇，但因为在上流社会占有一席之地，便觉得自己的妹妹过于平凡，无足轻重。她们对待妹妹亲热却又随便，因为对这位老姑娘，她们虽心存善意和怜悯之情，却始终有点瞧不起她。她本名叫莉丝，出生于贝朗瑞[1]风靡法国的时代。人们瞧她一直没嫁人，又觉得她可能再也嫁不出去以后，便把莉丝这个称呼改成了莉松。如今，她已经是"莉松小姨"了，这位老太太干净整洁，谦卑恭顺，即便面对家人也十分腼腆内向，而家人对她的爱多多少少掺杂着习惯、同情和一种没有恶意的冷淡。

孩子们从不进她的房间，也不会去拥抱她。只有女仆会到她房里去，因为家人有话要对她说时，就会派女仆去叫她。大家甚至都不太清楚她的房间在家中的哪个位置，只留她独自在那个

---

[1] 即皮埃尔—让·贝朗瑞（Pierre-Jean Béranger，1780—1857）：法国政治歌谣诗人，波旁复辟王朝时期（1814—1830）是其歌谣创作的鼎盛阶段。

房间度过可怜的一生。这个家仿佛也没给她留什么位置，她若是不在场，就不会有人谈到她，也不会有人想起她。她就是那种没有丝毫存在感的人，即便对亲近的人来说，她也仍是一个无名之辈，人们不会主动去了解像她那样的人——他们即便死去也不会让一个家庭产生缺口或空虚，因为他们从不介入周围人的生活，不会影响别人的习惯，更不会参与他人的情感。

她走路时，总是迈着紧凑无声的小碎步，没有一点动静，也不会碰翻任何东西，就好像她可以把不声不响这种特性传递给每一样物件。她的手仿佛是棉絮做的，而且不管碰什么东西，她都会小心翼翼，轻拿轻放。

可以说，当人们说出"莉松小姨"这几个字时，脑海里不会生出任何想法。就仿佛他们只是在说"咖啡壶"或是"糖果罐"。

就连母狗露特都比她更有个性。大家会爱抚它，唤它："可爱的露特，漂亮的露特，亲爱的露特。"无疑，比起莉松小姨，人们能为它流下更多的泪水。

表兄妹的婚礼定在五月底。他们之间的点点滴滴都化作了四目相对，十指相扣，情意相投，心心相印。这一年的春天来得有些迟，春意在夜晚寒霜与清晨凉雾的威逼下徘徊不前，瑟瑟发抖，直到最近才突然涌现而出。

有几天，虽然天气还稍显阴沉，但已经升高的气温却激发了大地全部的活力，就像有人施了魔法，催动枝叶萌发舒展，让嫩芽与鲜花的绵软芳香四处飘散。

　　接着，在一个午后，意气风发的太阳大显神通，蒸干了浮动在空中的水汽，照耀着整片平原；它将晴朗的欢愉气息播撒到整个村落，深深地感染着每一株植物、每一只动物，以及每一个人。多情的鸟儿翩翩飞舞，拍着翅膀呼朋引伴。让娜和雅克一方面让诱人的幸福压得透不过气来，另一方面又比平常还要羞赧；林间的氛围在恋人身上催生出一种新的战栗，让他们局促不安，于是两人也不敢结伴走远，而是在城堡门口的长椅上肩并肩地坐了一整天，眼神迷离地望着远处池塘上那对互相追逐的大天鹅。

　　然后，夜幕降临，他们逐渐冷静了下来，心境也更加平和了。晚饭后，他们便倚靠着洞开的窗户，轻柔地说着话，与此同时，他们的母亲坐在台灯灯罩投射出的圆形光圈之中，玩着扑克牌，而莉松小姨则在为当地的穷人织着袜子。

　　一片已生长百年之久的高大乔林一直延伸到池塘的后面，月亮突然露面，挂在巨树细嫩的新芽之间。月亮慢慢地越过了遮掩着它的树枝，缓缓地爬上了高空，群星围拥着它却又在它的光辉下黯然失色，只见它向世间倾洒忧郁的清光，把一切笼进皎白的月色与纯洁的梦幻之中，亲近着多愁善感的诗人与情侣们。

　　两位年轻人先是赏了一会儿月，温柔宁静的夜色让他们沉醉，草坪与树丛透出的朦胧光亮让他们着迷，于是，两人慢悠悠地出了门，漫步于反射着白光的草地，一路走到了波光粼粼的池塘边。

而在屋中,两位母亲结束了每晚例行要打的四圈牌后,便感受到了困意,打算上床睡觉了。

其中一人说道:"还得把孩子叫回来啊。"

另一人朝窗外瞥了一眼,在泛白的地平线上瞧见两个正在散步的身影,便说:

"随他们去吧,外面景色多美啊!莉松会等他们的。对吧,莉松?"

老姑娘局促地抬起了眼睛,怯生生地回答道:

"当然,我会等他们回来的。"

于是两位姐姐就去睡觉了。

而后莉松小姨也站了起来,把毛线、毛衣针连同已经起了头的活计都丢在了椅子的扶手上,独自倚靠在窗台边,凝视着美丽的夜景。

那对恋人没完没了地散着步,在草坪上来来回回地走着,从池塘边走到大门口,又从大门口走回到池塘边。两人十指紧扣,一言不发,仿佛灵魂已游离于身体之外,与升腾于地面的强烈诗意交织在一起。让娜忽然看到了立在窗前的老姑娘,她的身形在台灯灯光的烘托下显得尤为清晰。

"看哪,"她说,"莉松小姨在看着我们呢。"

雅克抬起了头。

"对,"他应和道,"莉松小姨在看着我们。"

而后他们又继续遐想,继续漫步,继续你侬我侬。

但是,露水渐渐盖上了草坪。他们感到了一阵凉意,轻轻地打了个哆嗦。

"我们回屋去吧。"她说。

于是,他们就往回走了。

他们走进客厅的时候,莉松小姨又开始织起了袜子。她前倾着额头干着活,细弱的手指有点发颤,一副疲惫不堪的样子。

让娜走近说:

"小姨,我们准备去睡觉了。"

老姑娘转过了眼睛。她双眼红红的,仿佛哭过一样。雅克和他的未婚妻并没有太在意。小伙子反倒是发现姑娘那双精致的皮鞋上沾满了水。他心头一急,关切地问道:

"你可爱的小脚冷不冷啊?"

就在那一瞬间,莉松的手指剧烈地颤抖,手里的活计掉了下来,毛线团在地板上滚远了。老姑娘将脸埋在手中,剧烈地抽噎起来。

两个孩子快步走到她身边。让娜跪在她身前,掰开她的手臂,手足无措地不停问道:

"你怎么了,莉松小姨?你到底怎么了呀,莉松小姨?"

那可怜的老太太因悲痛抽搐着身体,声音都像是被泪水打湿

了,她断断续续地回答道:

"是……是因为……他问了你'你可爱的小脚……冷冷不冷啊'……从来……从来没有人对我说过这些!从来没有啊……从来……没有……"

沙莉

除了沙莉,我从未爱过别的女人。

致让·毕侯[1]

海军司令德·拉·瓦莱昏昏欲睡地坐在扶手椅上,发出了老妪一般的声音:"我啊,也有过一段小小的恋爱故事,但却很是离奇,各位想听一听吗?"

接着,他就说了起来。司令一动不动地陷在那张宽大的椅子里,嘴唇上始终挂着一种皱巴巴的笑容,这抹伏尔泰[2]式的笑意给他染上了一丝怀疑论者的可怕气息。

01

当时我三十岁,还只是个海军上尉,受命去印度中部执行一

---

[1] 让·毕侯(Jean Béraud,1848—1935):法国印象派画家。
[2] 伏尔泰(Voltaire,1694—1778):法国启蒙思想家、文学家、哲学家,著名学者、作家,怀疑论者。

项天文研究任务。为了协助我完成任务,英国政府提供了各种必需的资源,没几天,我就带着一队人去往了那个诡异、离奇、怪诞不经的国度。

若真要详细地描述这段旅程,就得足足写上二十卷书。总之,我穿越了许多神奇的地方,还觐见了几位王子,他们个个气宇不凡,过着奢华无比的生活。两个月来,我仿佛漫步在诗歌之中,骑着一头想象中的大象,穿梭在一座仙国里。我在奇异的森林中发现了神奇的古老遗迹,在梦幻的城市里看到一座座别致奇妙的建筑,它们好似一件件精雕细琢的珠宝,有的轻盈如缎带花边,有的庞大如巍峨高山,这些瑰丽神圣的建筑散发着强大的魅力,让人能像爱上一个女人那般爱上它们的形状与线条,让人哪怕只是看着它们,都能感受到肉欲的快感。我就如维克多·雨果先生说的那样:"清醒地行走在梦境里[1]。"

最后,我终于到达了目的地:甘哈拉城[2]。昔日,那是印度中部最繁华的城市之一,如今却也走向了衰弱;它的统治者是既

---

[1] 维克多·雨果(Victor Hugo, 1802—1885):法国浪漫主义作家,在其诗剧《吕意·布拉斯》(Ruy Blas, 1838)第三幕第四场中有一句诗:"因此,我清醒着走在星光灿烂的梦境里!"以描写主人公吕意·布拉斯发现王后对他的爱意时的感受。

[2] 文中此处的甘哈拉城,以及后文出现的马丹王宫、曼多尔的帕里哈拉王朝等人名、地名均为作者杜撰而来。

富有慷慨，又残酷专制的马丹王公，他是一位地道的东方君主，精致又粗蛮，和蔼又嗜血，有时会表现出女性化的优雅，有时又毫不掩饰他残忍无比的暴虐。

这座城市坐落于山谷的深处，依傍着一片小湖，湖周建着许多佛塔，塔座都浸在了湖水之中。

若是远看这座城市，它就像一个小白点，然而随着距离的拉近，无数的圆盖、塔尖和尖顶便逐渐映入眼帘，向人们展示印度优美建筑特有的雅致而又轻巧的屋顶。

在我离城门还有一小时左右路程的时候，一只缀满了装饰的大象迎面走来，它的身边还围着一圈君主派来接我的仪仗队。我便随着他们声势浩大地进了城。

我本想先将自己好好拾掇一番，但急不可耐的君主连这点时间都不愿意给我。他想尽快认识我，好知道能从我身上得到些什么乐子，其余的事都暂且不管。

我被一群士兵簇拥着，他们皮肤黝黑，穿着金光闪闪的制服，好似一尊尊雕塑；他们把我带到了一个被游廊环绕的大厅，厅内站着许多人，他们衣袍上的宝石闪烁着耀眼夺目的华彩。

厅内还有一张无背长凳，很像我们这儿的公园长凳，但上面铺着一条精美的毯子；凳子上聚着一团夺目的光亮，仿佛是太阳端坐在上面：那便是王公了，他正纹丝不动地等着我的觐见。他身上套着一件颜色纯正的鹅黄色袍子，戴着千百万颗钻石，额间却只缀着那颗举世闻名的"德里之星",这颗钻石曾由曼多尔的帕里哈拉王朝世代相传,而这位东道主便是那显赫王朝的后裔。

王公约莫二十五岁,即便他是最纯种的印度人,但看起来像是混有黑人的血统。他眼睛很大,目光略显凝滞空虚,颧骨很高,额头略扁,胡须蜷曲,嘴唇肥厚,时常木讷地笑着,露出他一口白亮尖锐的牙齿。

他站了起来,按英式礼节向我伸出手,之后又让我坐在他身边。我们坐的长凳非常高,我的脚只能勉强触到地面,这样的坐姿着实让人难受。

没一会儿,他就跟我提议第二天去猎虎。打猎和观看角斗是他的两大消遣,他甚至不理解——除了这两件事,还有什么好让人在意的。

显然,在他心里,我大老远地赶过去,只是为了给他寻开心,或是陪他找乐子的。

可我又确实很需要他的帮助,便只好尽力迎合他的嗜好。而他对我的态度也非常满意,于是立即把我带到一个设于宫殿内的竞技场边,邀我观看一场角斗。

随着他一声令下,两个男人走到场内,他们裸露着自己古铜色的皮肤,手上套着铁爪。他们迅速进入互攻阶段,双双企图用那锋利的武器击倒对方,他们黑色的皮肤一被铁爪划过,就被拉出长长的伤口,从中汩汩地流出鲜血。

这场角斗持续了很久，两位角斗士早已遍体鳞伤，而他们仍努力用那状似铁耙的尖锐武器刮着对方的血肉。他们中的一个一边脸已经被抓烂了，另一个的耳朵也被割成了三瓣。

王公带着一种残虐狂热的兴奋观看着比赛。他仿佛因为幸福而颤抖起来，发出愉悦的叫声，还全程无意识地模仿着角斗士的动作，不停地喊着："打啊，打！"

终于，其中一个角斗士意识全无地倒下了，不得不被带离那血染的角斗场。比赛的结束让王公颇为遗憾伤感，还长长地叹了一口气。

他转身看向我，问我对这场角斗有什么看法。我内心很是愤慨，却还是表达了强烈的赞叹。紧接着，他便吩咐下人送我去逍遥宫，那就是我将要入住的宫殿。

在穿过了好几个绝美的花园之后，我终于来到了自己的居所。

这座宫殿犹如一件珍宝，建在御花园的尽头。有一侧墙还浸在维哈拉圣湖里。它四四方方，四面都被三层游廊环绕，每一根廊柱制作之精妙，都可谓巧夺天工。宫殿每一角都立着轻巧的小塔，有高挑的，有低矮的，有单个的，有成对的，大大小小，形态各异，恍若一朵朵天然的花朵，盛开于这美妙的东方建筑之上；所有的塔尖样式都很奇特，就像一个个精心梳就的优雅发髻。

建筑的中心是一个巨大的圆顶，聚拢到最高处是一个细巧且四面开孔的小塔，这向上凸起的圆润穹隆，就像是向天空挺起的白色大理石乳房。

而在建筑主体上，则从头到脚都布满了各类雕饰，那精美的阿拉伯式花纹叫人赏心悦目，而那一队队石刻的精致人像虽凝固不动，但人物神态栩栩如生，仿佛在诉说着印度的风土人情。

房间的窗户都面向花园，阳光穿过那一扇扇带有花式尖拱的窗户，照亮了整个屋子。人们还用缟玛瑙、天青石和玛瑙石在大理石地面上镶绘出一捧捧美丽优雅的花束。

我刚梳洗完，一位名叫哈里巴达达的宫廷官员——他专门负责我与王公之间的联络事宜——就来通知我他的主人将驾临我的住所。

身着黄色衣袍的王公走了过来，又一次和我握了握手。他滔滔不绝地跟我讲着各种事情，还不停地问我的看法，而我根本无话可说。之后，他又邀我去花园的另一边，看一看旧时宫殿的遗迹。

那简直是一座石林，里面还住着成群的猴子。当我们靠近它们的时候，雄性猴子们就跳上墙头，朝我们龇牙咧嘴，做出可怖的鬼脸，母猴子们则抱起小猴崽，露着光秃秃的屁股四处逃窜。王公笑得忘乎所以，死死地掐着我的肩膀，以此表明他看得有多开心。接着，他又在废墟的中央坐了下来，一群满脸白毛的怪物围在我们身边，它们蹲在残垣的高处，据守着每一处凸出的部分，冲我们不住地吐舌挥拳。

直到看腻了这场景后，这位黄袍君主才站了起来，重新迈出他庄重的步伐。那一日，他始终让我跟在他的身边，兴致勃勃地给我看千篇一律的东西，还一遍一遍地告诉我，第二天将为我准备一场盛大的猎虎大会。

在那一次猎虎大会后，我又迎来了第二次、第三次、第十次，乃至第二十次。我们一圈又一圈地追逐着当地的动物：豹子、熊、大象、羚羊、河马、鳄鱼。怎么说呢，差不多大自然孕育的一半物种都在那里了。几次三番下来，我已筋疲力尽，见血就呕，对这种反反复复的娱乐活动烦不胜烦。

最后，王公的兴致终于减退下来，在我多次迫切地请求下，他终于肯把时间留给我去工作，而只剩下给我塞礼物这一个消遣了。他给我送了各种珠宝首饰、绫罗绸缎，还有许多经过驯化的动物。这些礼物都是由哈里巴达带来的，他表面上毕恭毕敬，好像我就是他的太阳似的，可内心深处却藏着对我的不屑与鄙夷。

每一天，都会有一队人端着盖了盖子的盘子，将御用的菜肴呈给我享用；每一天，我也都要积极迎合那些为我准备的新鲜花样，比如神庙舞姬的表演、杂耍，还有阅兵仪式。而我迎合的，不仅是这些娱乐活动，更是那位企图通过这些花样显得热情好客，实则是在妨碍他人工作的君主。可他这么做，无非是想向我炫耀他的国家是多么迷人美丽，辉煌伟大。

在那种情况下，我会抓紧独处的时间投身于工作，或者干脆去看猴子，因为比起君主的生活百态，还是猴子的社会更提得起我的兴趣。

然而，一天晚上，当我散完步回到自己的宫殿时，我看到哈里巴达达正一本正经地站在门前，他故作神秘地告诉我，王公送我的礼物正在房内等着我。他还替王公转达了歉意，说他早该想到为我补上这件我缺少的东西。

说完这段意味不明的话后，这位大使鞠了一躬便离开了。

我走进房间，看到六个小女孩靠墙站着，她们从高到矮排成一排，肩挨着肩，一动不动，就像穿成串的胡瓜鱼。最大的女孩也就只有八岁的样子，最小的大约有六岁。一开始，我还摸不着头脑，不明白他们怎么在我这儿办起了寄宿学校，但转念一想，我便猜出了王公那点暧昧的小心思：他送给我的礼物，就是一房姬妾。他还特别贴心地选了几个年幼的女孩，因为，在当地人眼里，越青涩的果实越有滋味。

面对这群女娃娃，我心里只剩下迷惘、窘迫和惭愧。她们一个个睁着大大的眼睛看着我，仿佛已经知道我要对她们做什么了。

我不知该对她们说些什么，只想把她们送回去，可我不能退回君主的赏赐，那可是无可赦免的大不敬之罪，所以我只能留下这群孩子，并好好安顿她们。

她们依旧定定地站在那里,一边等着我的命令,一边试图从我眼中读出我的想法。噢!这该死的礼物,真叫人伤脑筋啊!虽然觉得很可笑,但我还是对那个最大的女孩发了问:

"你,你叫什么名字?"

她回答道:"沙莉。"

这个女孩的皮肤很是好看,如象牙一般透着些黄色,她脸部的线条纤长又带着些棱角,就如一幅奇景,一座雕像。

为了听听她会回答些什么,也可能纯粹是想刁难刁难她,我又问:

"你为什么来这里?"

她用那柔和谦逊的声音回答说:"我是来让您开心的,大人,您吩咐我做什么,我就做什么。"

这个女孩被人调教过了。

我又向那个最小的女孩问了同一个问题,她用更加天真的声音,口齿清晰地回答道:"我是来让您快活的,大人,您想让我做什么我就做什么。"

这个孩子就像一只优雅美丽的小老鼠,我把她举了起来抱在怀里,并亲了她一口。别的女孩可能觉得这个举动就是在表明我的选择,于是准备退下。但我让她们都留了下来,像印度人那样席地而坐,并让她们在我身边坐成一个圈。那时,我已经可以勉强说一些当地的语言了,于是就给她们讲起了精灵的故事。

她们聚精会神地听着，听到动人心弦的细节就会打战，到了紧张可怖的情节就会发抖，还个个摇着小手。终于，这群可怜的小家伙不再去想她们被送到我这儿来的理由了。

等讲完了故事，我又让我的贴身侍从拉兹曼拿了些糖果、果酱和点心。她们不停地吃着，直到撑得难受才停下。而我也开始觉得这场意外的安排也挺有意思的，便又招呼大家玩了一些游戏，以此逗逗我的妻子们。

其中一个游戏的效果尤其好：我把两条腿拱成一座桥，我的六个小女娃就在"桥"下跑过，最小的那个排在最前面，而到了最大的那一个，因为她身子总弯得不够低，所以每次都会轻轻地碰我一下。这游戏让她们乐不可支，发出阵阵笑声，低矮的穹顶下回荡着她们稚嫩的笑声，于是，我那奢华的宫殿就像是被唤醒了一般，到处充斥着孩童的欢乐和无限的生机。

然后，我又花了好多心思为这群天真无邪的妻妾们安排寝殿。一切都打点妥当以后，我就把她们留在自己的房间里，并让那四个和她们一同来的专门服侍她们的宫女好好照看她们。

在接下来的整整一周内，我因为能扮演这几个洋娃娃的爸爸而感到由衷的快乐。我们不厌其烦地玩着捉迷藏、猫捉老鼠和蒙眼击掌这类游戏，她们开心得不得了，因为我每天都会带她们玩一种她们不知道的好玩游戏。

我的宫殿仿佛成了一间教室。而我的小女友们，都穿着金丝银线织就的华美衣裙,像一群人形小兽,在长廊和只有小拱窗透着微光的寂静厅堂里跑着闹着。

后来,在某天晚上,我也不知怎么回事,那个叫沙莉的年纪最大的女孩,那个像一尊古老象牙制成的雕像的女孩,成了我真正意义上的妻子。

她可真是一件小尤物,那样温柔腼腆,又那样飞扬活泼。没多久,她就无比炽热而又疯狂地爱上了我;可我对她的感情就有些不同了,因为我无法放下羞耻心,也无法果断去爱,更摆脱不了对欧洲法律的忌惮,这种感情里有克制,有顾虑,却也有源于肉欲的激情和温柔。总之,我对她的爱,包含了一个父亲对女儿的珍视,也包含了一个男人对待女人时的温存。

抱歉,女士们,我扯得有些远了。

那之后,别的女孩依旧像一群小猫一样,在宫殿里嬉闹玩耍着。

而沙莉呢,除了我去王公那儿的时候,就总是跟在我身边,寸步不离。

我们在旧宫殿的废墟中,在那群和我们成了朋友的猴子堆里,共度了许多美好的时光。

她时常久久地趴在我的膝头,谜一样的小脑袋瓜里闪着许多心思,又或者,她根本什么都没有想,只是趴在那里,因延承了本民族高贵又富于幻想的特质,她的姿态是那么美丽动人,宛若一座神圣的雕像。

到废墟去的时候，我会用铜盘子带上一些蛋糕和水果。母猴们就会慢慢地靠近，身后还跟着它们的小猴崽们，接着它们就在我们不远处坐下，围成一个圈，也不敢再走近了，只等着我给它们分好吃的。

然而，几乎每次都会有一只胆子更大的公猴径直走到我跟前，像一个乞丐一样向我伸出手，我若是给它一块吃的，它就会拿去送给它的配偶，于是别的母猴就会因为嫉妒和愤怒发出疯狂的叫喊，而我不得不给它们都丢一些吃的去，以此来结束这场可怕的喧闹。

我觉得待在废墟里也挺好的，就想带着我的仪器到那里工作。可那些猴子大概是把那些铜制的测量工具当成了夺命武器，都吓得尖叫不止，抱头鼠窜。

我也经常和沙莉在一座悬空于维哈拉湖上的户外长廊里共度良宵。我们无言地看着明月滑向夜空的深处，并为湖面披上一件粼粼的银色外套；而在湖的对岸，连成一线的小塔就像一颗颗在水里生根的蘑菇。我的小情人面色庄重，而我则捧着她的小脑袋，轻柔地、缠绵地亲吻着她，从她光滑的额头，到那双如同这神秘古老的土地一般蕴藏着无数秘密的大眼睛，最后到那两片因我的爱抚微微张开的唇瓣。我体尝到了一种模糊不清但强烈无比的快感，那是一种传递着诗意的快感，它让我觉得，我从这个女孩身上收获了一整个可以滋生出其他美好族群的神秘民族。

与此同时，王公依旧在不停地给我送着礼物。

一天，他派人送来了一件让我意想不到的礼物，却引起了沙莉的连连赞叹。

那只是一个普通的贝壳盒子，不过是由粘着贝壳的硬纸板做成的。若是在法国，这种盒子最多值四十苏，可在这里，它却成了无价之宝。或许因为这是王国里的第一个贝壳盒子吧。

我随手把它放在一张桌子上便不再管它了，还暗笑居然有人能把这种小商店里的蹩脚玩意儿当回事。

然而，沙莉却没完没了地端详着它，对它赞不绝口，甚至对它充满了恭敬和狂热之情。她时不时地问我："我可以碰它吗？"而当我准许她那么做时，她就翻开盒盖，又小心翼翼地盖回去，然后用她那纤细的手指，极其轻柔地触摸贝壳上的纹路，仿佛那样的抚摸可以触发她内心深处的甜美快乐。

那时，我已经完成了工作，必须返回自己的国家。我犹豫了很久，现在看来，那是因为我对我的小女友恋恋不舍。可最终，我还是决定离开。

王公表示很遗憾，于是又安排了几次围猎和角斗，就这样玩乐了半个月后，我表明自己不能再逗留下去了，他才终于放我离开。

向沙莉告别的过程简直揉碎了我的心肠。她把头枕在我的胸膛上，泪流不止，甚至因为悲痛抽搐了起来。我不知怎样才能安抚她,就连亲吻都起不到任何作用。

忽然,我灵机一动,起身找到了那个粘满贝壳的小盒子,把它放到她的手里,对她说:"送你的。它现在是你的了。"

她先是破涕为笑,而后整张脸都明媚了起来,流露出了发自内心的喜悦,好似她那遥不可及的梦想突然实现了。

再接着,她就发了疯似的拥吻我。

可不管怎样,在最后诀别的时刻,她还是痛哭了一场。

而我则像一个父亲那般吻别了我另外几个"小妻子",并把点心分给了她们,然后就起程离开了。

02

两年过去了,一次偶然的海上出勤机会,把我带回孟买。由于出现了一些突发情况,我被安排留在那里执行一项新的任务,因为我对当地比较熟悉,也会说那里的语言。

我尽可能快地完成了工作,富余出三个月的空闲时间。于是,我想去拜访一下那位甘哈拉的国王朋友,以及我的小妻子沙莉,我想她一定有了很大的变化。

马丹王公用极其狂热的方式接待了我,以此表明他无边的喜悦。他让人当着我的面割断了三名角斗士的喉咙,而我初到的第一天里,他连一秒钟的独处时间都不想留给我。

到了晚上,我终于得了点空,便让人把哈里巴达达叫来。为了不让他觉察到什么,我先旁敲侧击地问了许多其他问题,最后才问他:"那么,你知道王公赐给我的小沙莉怎么样了吗?"

对方露出了一丝伤心烦恼的神色,局促不安地回答说:

"还是不要说她了吧!"

"为什么这么说?她可是一个非常讨人喜欢的小姑娘啊。"

"她变坏了,大人。"

"怎么会?你是在说沙莉吗?她怎么了?她现在在哪儿?"

"我只能说她的下场不太好。"

"下场不太好?难道她死了?"

"是的,大人。她干了一件坏事。"

我非常震惊,只感到心怦怦乱跳,胸口猝然发紧。

我追问道:"坏事?她做什么了?她到底怎么了?"

对方越来越尴尬,低声道:"您最好还是别问了。"

"不,我要知道真相。"

"她偷了东西。"

"沙莉怎么会偷东西呢?她偷了谁的东西?"

"您的东西,大人。"

"我的?这是怎么回事?"

"就在您离开的那天,她偷了王公送给您的盒子。人赃并获!"

"什么盒子?"

"就是那个贝壳盒子。"

"可那就是我送给她的。"

面前的印度人抬起了眼睛,惊讶地看着我,然后说:"是吗,她倒是也发了许多毒誓,说那是您送给她的。可是没有人相信您会把王公的礼物送给一个女奴,于是王公下令惩罚了她。"

"怎么罚的?你们对她做了什么?"

"王公下令把她捆在一个口袋里,大人,然后让人把她从这个窗户——就是我们现在待着的这个房间的窗户——扔进了湖里,因为她就是在这里偷的东西。"

一种我从未体验过的穿心之痛在全身蔓延,我示意让哈里巴达达先退下,以免让他看到我落泪。

那一夜,我留在了俯临湖面的长廊里,就是在那座长廊,我无数次地将那可怜的女孩抱上膝头。

我满脑子想的都是她那美丽娇小的身躯已经腐化成一具骸骨,就在我的身下,装在一个被绳子扎紧的布袋里,沉没于我们昔日时常一同观赏的这片黑水之中。

第二天,尽管王公毫不掩饰自己强烈的沮丧,再三请求我留下,我还是执意离去。

直到今日,我还依旧坚信着:除了沙莉,我从未爱过别的女人。

珠宝

这么说来,其他的首饰也都是礼物了!

在副科长组织的晚宴上遇到这位年轻姑娘后，朗丹先生立即坠入了情网。

姑娘的父亲是一位来自外省的税务官，好几年前就过世了，此后不久，她就跟着母亲来到了巴黎。母亲盼望能给她寻一门好亲事，就常常带着她拜访住在附近的中产阶级人家。她们虽过得清贫，但很是体面，为人做事也稳重温和。女孩看起来是正派女人的完美典型，明智的男人都会渴望与这样的女人共度一生。她身上那份内敛之美散发着腼腆纯洁的魅力，一抹若有似无的微笑始终挂在她的嘴边，仿佛在映射着她的内心世界。

人人都对她赞不绝口，认识她的人都不住地说："谁要是能娶到她，就是走大运了。找不到比她更好的姑娘了。"

彼时，朗丹先生是内务部的高级科员，年薪有三千五百法郎。他跟姑娘求了婚，也抱得了美人归。

和她在一起时，他体验到了难以置信的幸福。因为有她勤俭持家，两人的日子过得十分宽裕。妻子并未对丈夫展露出特别的关怀与体贴，也没有故作温柔多情的样子，但丈夫依旧折服于妻子身上的巨大魅力，以至于结婚六年，他对她的爱仍似新婚之时。

若说有什么让他看不惯的，便是她那两样嗜好：看戏和戴假珠宝。

她的女性朋友们（她结交了几位小公务员的妻子）总是带着她去剧院包厢看热门戏剧，有时还会去看首演。她还要拉着丈夫一同去体验这种消遣，也不管他愿不愿意，可在上了一天班后，这样的娱乐活动只会让他更加疲惫。因此他和妻子商量，让她跟着关系不错的夫人去看戏，再让对方送她回家，可她觉得这种做法不大体面，久久不肯让步。但为了让丈夫开心，她还是妥协了，而他也非常感谢她的体贴。

然而，对看戏的喜爱，不久又促使妻子在装扮上有了新的追求。她的衣着倒是依旧保持着简朴的风格，朴素，但不失品位和雅致，她那柔和的魅力，那温婉、谦逊、叫人不可抗拒的美，仿佛也因她素净的衣裙而另添一番风韵；然而，与此同时，她又热衷于给耳朵坠上两大颗仿冒成钻石的莱茵石，给脖子戴上假珍珠项链，给手腕套上镀金的手镯，再在头发上戴上镶着各种仿宝石的彩色玻璃珠的压发梳。

她这种热爱戴假珠宝的怪癖，让丈夫颇为不满，他总是对她说："亲爱的，即便买不起真的珠宝，自身的美貌与气质也足够迷人了，那才是最难得的首饰啊。"

可她每次都只是嫣然一笑，回应道："那你叫我怎么办呢？我就是喜欢这些东西呀。这毛病我可改不了了。你说的道理我都懂，可我天性如此呀。我啊，我就是喜欢珠宝！"

她常常用手指捻转着珍珠项链，看着打磨过的光面折射出的华彩，然后不停地说："看哪，做工多好啊。就和真的一样。"

他就会笑着回应："你这审美，就像个吉卜赛人。"

某些晚上，他们面对面坐在火炉边的时候，她就会把装着朗丹先生称作"假货"的摩洛哥皮匣子捧到喝茶的小桌上，开始兴致勃勃地把玩那些仿真珠宝，仿佛能从中体味到一种隐秘、深沉的趣味；她还执意要把一串项链戴到丈夫的脖子上，接着就开怀大笑："你看起来可真滑稽！"然后就扑到他的怀里，献上激情狂热的吻。

然而，在某个冬夜，从巴黎歌剧院看戏回来的她被冻得瑟瑟发抖。第二天，便开始咳嗽不止，一周后，就得了肺炎，不治而亡。

朗丹差点就随着她跳进坟墓了。他悲痛欲绝，一月之间，头发就全白了。他成日以泪洗面，痛不欲生，始终无法忘怀与爱妻相处时的点点滴滴，魂牵梦萦的，皆是已故之人的音容笑貌。

时间也无法抹平他的伤痛。上班的时候，哪怕只是听见同事谈论时事要闻，他也会突然面颊一鼓，鼻头一皱，眼里盈满泪水，直到他再也掩饰不了痛苦的神色，便开始抽噎起来。

他原封不动地保留着妻子房间里的陈设，天天把自己关在房里睹物思人。每一件家具，乃至每一件衣服都留在原来的位置，就和妻子离世那天一模一样。

另一方面，他的生活也愈发困苦了。他那点薪水，过去在妻子的打理下，足以满足两人全部的生活所需，如今留给他一个人过日子，反倒是不够了。妻子生前是怎么做到让他一直喝着品质上佳的红酒，吃着精致可口的菜肴的呢？而现在，仅凭这点收入，他根本无法再享受这一切了，对此他百思不得其解。

他已经欠下了几笔债，四处借钱也只能拆了东墙补西墙。某天早上，离月底还有整整一周，他却已经身无分文。他琢磨着要卖掉点东西贴补家用，便立刻想到了妻子的那一匣子"假货"，从过去到现在，他始终打心底里厌恶这些"冒牌货"。这一匣子假冒的行头，哪怕让他一天只瞧见一次，都会败坏昔日爱人在他心中的形象。

他在妻子留下的那一大堆假首饰里翻了很久，因为她直到离世前的几天还在固执地添置新首饰，几乎每天晚上都要带一件新的回家；最后他选了那条妻子生前好像很喜欢的大项链，他猜它应该还值点钱，怎么也得有个六七法郎吧，毕竟作为一件仿制品来说，这条项链的做工确实很精细了。他把那条项链揣进兜里，沿着大街向内务部走去，一边走，一边寻思着找一家靠谱的珠宝店。

终于，他看到了一家珠宝店。走进店里的时候，他心中不由得升起一阵羞耻感，因为他准备卖掉的东西太廉价了，而这无疑会暴露他极度窘迫的境遇。

"先生，"他对店家说，"我想请您给这条项链估个价。"

店家接过了项链，又是上下检验，又是左右翻看，细细掂量后，还拿来放大镜小心察看，他叫来了伙计，压低声音交流了一下看法，又把项链放在柜台上，拉开点距离重新端详以便更好地做出判断。

朗丹先生看到这么大的阵仗，心中惴惴不安，正当他想张口辩解说"噢！我知道这玩意儿不值几个钱"的时候，店家开口说道：

"先生，这条项链价值在一万两千到一万五千法郎之间，但您必须要说明这件首饰的来源，本店才能收购。"

这个丧妻不久的男人似是没听明白，瞪大了双眼，张口结舌道："您是说……您确定吗？"对方见他如此惊讶，心中会错了意，便干巴巴地回复道："您也可以去别处问问，看看有没有店家能开出更高的价。但依我看，它最多值一万五千法郎。若您遇不到更让您满意的价格，还可以回来找我。"

朗丹完全蒙了，隐约觉得自己应该一个人冷静冷静，便拿上项链走出了店。

可是，他一走到大街上，又忍不住笑了，心想："傻子！

啊！真是太傻了！要是我刚刚立刻按他报的价卖给他，他可怎么办哟！竟然还有这样真假不分的珠宝商！"

到了和平街路口，他又走进另一家珠宝店。老板一看见项链，就喊道：

"啊！没错，我认得这条项链，这是从我店里买走的。"

朗丹先生彻底被弄糊涂了，问：

"那它值多少钱呢？"

"先生，这项链是两万五千法郎卖出的，我可以出价一万八购回。但按照规定，您得说明是怎么得到这条项链的。"

这一次，朗丹先生惊讶得瘫坐下来。他继续说：

"可是……可是，先生，您还是再好好查验一下吧。来这之前，我还以为它是……是假的呢……"

珠宝店老板便问道：

"请问先生贵姓？"

"敝姓朗丹，在内务部工作，住在殉道者街十六号。"

珠宝商翻开账簿，查阅一番，说："这条项链确实是在1876年7月20日送到朗丹太太府上的，就在殉道者街十六号。"

两人四目相对，内务部科员惊讶得不知所措，珠宝商却在怀疑对方是不是一个小偷。

于是他又说：

"您方便把项链留在本店一天吗？我可以给您写一张收据。"

朗丹先生结结巴巴回答道:

"可以,当然可以。"他叠好收据,塞进口袋,就走出了珠宝店。

他穿过了街道,向北走,却发现走错了,于是又往南,走到了杜伊勒里公园[1],穿过了塞纳河,发现又走错了,就又往回走,一直走到香榭丽舍大街,脑子里也依旧是一团糨糊。他冥思苦想,想为这件事寻一个合理的解释。他的妻子绝对买不起这么贵的东西,——不,当然不可能——那也就是说,这是一件礼物!是礼物!可是,是谁送给她的呢?为什么要送呢?

他停了下来,呆立在马路中间。一个可怕的怀疑在他脑中闪过——莫非她……?——这么说来,其他的首饰也都是礼物了!他瞬间觉得天旋地转,仿佛看到一棵树朝自己劈来,然后便伸着手臂,昏过去了。

之后,他在一家药店里清醒过来——是路人把他抬到这里的。他请人把自己送回家,然后就把自己关在屋子里。

他一直痛哭到深夜,为了不哭出声音来,还在嘴里咬了一块毛巾。他身心俱疲地爬上床,又累又伤心,沉沉地睡了过去。

第二天,一缕阳光将他唤醒,他慢慢地爬了起来,准备去上班。经历过这一连串的剧烈动荡后,他做什么事都显得很艰难。

---

[1] 杜伊勒里公园:原为巴黎旧王宫,1871年被焚毁后改建为杜伊勒里公园。

他思忖片刻，觉得可以跟科长好好道歉再告个假，于是就写了封信给科长。接着，他又记起自己还得去找那个珠宝商，可一想到这儿，他的脸又一阵臊红。他犹豫了很久，但一想又不能把项链留在店里，便还是穿上衣服出了门。

天气很好，蔚蓝的天空笼罩着似是盈着笑意的城市。一些无所事事的人插着口袋，走在前方。

朗丹看着来来往往的人，心想："财富真的能带来幸福啊！钱可以驱散忧愁，让人可以随心所欲地去旅行，去享乐！噢！要是我也富得流油，那该有多好啊！"

他觉得有些饿。从前一夜开始，他就没吃过东西。可他口袋空空如也，于是又想到了那条项链。一万八千法郎！一万八千法郎啊！那真的是一大笔钱啊！

他来到了和平街，在珠宝店对面的人行道上徘徊着。一万八千法郎啊！好几次他都要走进店里了，但羞耻心又把他拉了回来。

可是，他很饿，不仅饥肠辘辘，还一贫如洗。于是他猛地下了决心，不再犹豫，疾步如飞地穿过马路，冲进了那家珠宝店。

珠宝商一见到他，就殷切地迎了上去，满脸堆笑，毕恭毕敬地请他坐下。伙计们也都围在了朗丹身边，眼里和嘴角都藏不住笑意地看着他。

珠宝商表示：

"先生，我已经了解清楚情况了，如果您仍旧有意卖掉这条项链,我可以直接按昨天谈好的价格付钱给您。"

科员嘟囔道:

"当然啦。"

珠宝商便从抽屉里取出十八张大钞,数了一遍,递给了朗丹。朗丹在一张小收据上签了字后,便哆哆嗦嗦地把钱收进了口袋。

正当他要出门的时候,又折了回来,问一直垂眼微笑的珠宝商:

"我……我还有别的首饰……也是我……也是我从同一个人那儿继承来的。也可以卖给您吗?"

珠宝商鞠了一躬,说:

"当然啦,先生。"一个伙计走出门放声大笑,另一个伙计则用力地擤了擤鼻子。

朗丹故作镇静,哪怕涨红了脸也依旧严肃地说道:

"那我过会儿就拿来。"

他拦了一辆出租马车,回家去取珠宝。

过了一个小时,他饭都没来得及吃,就又来到了珠宝店。他们一件一件地验货估价。这些首饰差不多都是从这家店里买走的。

此刻,朗丹也开始锱铢必较起来,一言不合就动怒,还要求店主出示账簿。洽谈的金额越来越大,他的嗓门也越来越高。

一对大克拉钻石耳坠值两万法郎,几个手镯三万五,几枚胸针、戒指和链坠共值一万六,一件镶了祖母绿和蓝宝石的首饰值一万四,一条嵌着单粒钻石的黄金项链要四万。总之,各种首饰加在一起总共卖了十九万六千法郎。

珠宝商故作天真地说笑道:

"看来这些首饰的主人把积蓄都用在这上头了。"

朗丹严肃地说:

"这也是一种存钱的方式。"和商人约好第二天再做一个复合鉴定后,他就离开了。

他来到街上,看着旺多姆圆柱[1],竟想像玩夺彩竿[2]似的爬上去,他觉得自己身轻如燕,仿佛轻轻一跳,就能像玩跳背游戏似的,跃过那耸立在高空的拿破仑一世雕像。

他去瓦赞饭店吃了中饭,喝了二十法郎一瓶的红酒。

饭后他叫了一辆出租马车,去布洛涅树林转了一圈。他略带轻蔑地审视着来来往往的豪华马车,拼命压抑着自己才没对路人喊出:"我现在也是有钱人啦!我有二十万法郎!"

他又想到了内务部的事,便让人带自己去部里;他大步流星

---

[1] 旺多姆圆柱:亦称凯旋柱,是位于巴黎旺多姆广场中心的纪念铜柱,于1810年,用法国军队在历次战役中缴获的1250门大炮为原料,模仿罗马的图拉真纪功柱修建而成。柱高44米,直径3.6米,顶端塑有头戴罗马皇帝桂冠的拿破仑一世铜像。

[2] 夺彩竿:欧洲传统游戏,爬上高竿的人可以取得竿顶的奖品。

地赶到了科长的办公室,对他说:

"先生,我是来提交辞职报告的。我继承了一笔三十万法郎的遗产。"

他和老同事们一一握手道别,并和他们畅谈了自己对新生活的规划。随后,他又去英国咖啡馆[1]吃了晚饭。

他坐在一位外表优雅的先生旁边。他心痒难耐,恨不得上前去跟对方吹嘘自己刚得了一笔四十万法郎的遗产。

生平第一次,他觉得剧院也没那么糟糕,晚上还和几个妓女厮混了一宿。

半年后,他再婚了。他的第二任妻子是一个非常正派的女人,但为人刻薄,让他吃了不少苦头。

---

[1] 英国咖啡馆:又称英吉利咖啡馆,位于法国巴黎第二区,意大利大道13号。于1802年开业,1913年关闭。

骗 局

也罢,反正本来也不指望能和他天长地久的。

"女人呢？"

"啊，什么？女人？"

"呃，好吧，女人是最高明的魔术师，无论何时何地都能将人玩弄于股掌之中，有时这些诡计是事出有因的，有时则毫无来由，仅仅是因为她们乐于此道罢了。她们耍起花招来，真是干脆得令人难以置信，大胆得让人瞠目结舌，巧妙得叫人甘拜下风。所有女人都没日没夜地耍弄心机，就算是最忠诚、最正直、最明智的女人也不例外。

"但我们必须得说，有时，她们也是迫于无奈才会如此。男人永远都似傻子般执拗，又如暴君般欲壑难填。一个男人在身为丈夫时，便总爱在家中将自己可笑的意志强加于他人。他有一身的臭脾气，他的妻子就得连哄带骗地迎合他。她会让他相信某种东西值多少钱，因为如果价格高了他就会大发雷霆。她们总是能灵活自如地从某些纷扰中抽身而出，等我们不经意间发现了，也只得垂手认输，并茫然自问：'之前怎么就没看出来呢？'"

说话的人曾是一位帝国[1]部长，人称德·L伯爵，据说他处事非常圆滑，但也绝顶聪明。

一群年轻人正在听他口若悬河地说着。

他继续道：

"曾经，我就被一个出身于小资产阶级的卑微女子玩弄了，她手段高明，说起来还带点喜剧色彩。你们可以听听这个故事，以便从中吸取点教训。

"我当时任外交部长。每天早上，我都会花好长一段时间在香榭丽舍大街上散散步，这已然成了我的一个习惯。故事就发生于五月，我一边散步，一边尽情地呼吸着新叶的芳香。

"不久，我就发现，我每天都会遇见同一个娇小可爱的女子，那是一个极具巴黎风韵的美丽尤物。你们问她漂亮吗？漂亮，又好像没有那么漂亮。身材诱人吗？不是诱人，是摄人心魂。没错，她的腰不盈一握，肩膀又窄又平，胸部则过于丰满，但是，比起米洛斯的维纳斯[2]那副高高大大的骨架子，我就是更爱这些珠圆玉润的精致美人。

"另外，她们迈着小碎步的样子，也是无与伦比地好看，仅

---

[1] 此处指拿破仑三世统治的法兰西第二帝国（1852—1870）。
[2] 米洛斯的维纳斯：即古希腊雕刻家阿历山德罗斯于公元前150年左右创作的大理石雕塑作品，又称《米洛斯的阿芙洛蒂忒》《断臂的维纳斯》，现收藏于法国卢浮宫博物馆。

仅是她们身上的一丝颤动,都会激荡起骨髓深处的欲望。她好像在经过我的时候看了我一眼,可女人们这样那样的小动作太多了,我们永远也琢磨不透……

"一天早上,我看见她坐在一条长凳上,手中拿着一本翻开的书。我赶忙在她身边坐下。五分钟后,我们成了朋友。此后,我们每天早上的见面都会从友好的问好开始:'您好,太太。'——'您好,先生。'然后,我们就谈起天来。她告诉我,她的丈夫是一个公务员,但她生活并不顺心,快乐很少,忧愁不断,除此之外,还有许许多多别的事情。

"可能真的只是无意,也可能是虚荣心在作祟,有一天,我把自己的身份告诉了她;她不露痕迹地作出了一副非常吃惊的样子。

"第二天,她就到部里来看我了,并且此后上门的频率日渐增高,以至于办事处的人都认识她了,每每看到她时,他们就会交头接耳地说着私底下给她取的名字:'莱昂太太'——而我的名字,就叫莱昂。

"一连三个月,我每天早上都会和她见面,未曾有一刻觉得厌烦,因为她非常善于拿捏自己的柔情,使其变化莫测,又新鲜又刺激。可是有一天,她却顶着一双又红又肿、闪着泪光的眼睛来见我,我看她欲言又止,好似有数不清的难言之隐。

"我请她,甚至是哀求她把憋在心里的烦心事告诉我,她这才结结巴巴地说：

"'我……我怀孕了。'说完，她就啜泣起来。哦！我大惊失色，想必脸都被吓得煞白。你们想象不到意外成为父亲的消息给你当胸一记时，会让人多难受。不过，你们迟早都会经历的。总之，当时轮到我变成结巴了：

"'可是……可是……你已经有丈夫了，不是吗？'

"她回答：

"'是啊，可是我丈夫两个月前就去意大利了，还要好久才能回来呢。'

"我想，无论如何，都不能让自己担这个责任。于是说：

"'那你得马上去找他。'

"她的脸唰地红到了耳根，垂下眼睛，说：

"'对……可是……'后面的话她不好意思，或者不肯再说下去了。

"我明白了她的意思，于是悄悄地把旅费装进一个信封交给了她。"

"一周后，她从热那亚[1]给我寄了一封信。又过了一个星期，

---

[1] 热那亚：意大利西北部城市。

我又收到了一封从佛罗伦萨[1]寄来的信。接着,我又陆陆续续地收到了从里窝那[2]、罗马[3]、那不勒斯[4]寄来的信件。她在信里说:

"'亲爱的,我一切都好,但是我变丑了。我不希望你看到这么丑的我,那样,你就不再爱我了。我丈夫什么都没有觉察到。因为他任务在身,还要在这个国家待很长时间,所以我只能生完孩子再回法国。'"

"然后,大概又过了八个月,我收到了一封来自威尼斯[5]的信,信上只有寥寥数字:'是个男孩。'

"不久之后,她在某个早上突然走进我的办公室,比以前更明艳动人,一见面,她就扑进了我的怀里。

"我们很快就旧情复燃了。

"后来,我离开了外交部,她便常去我在格勒内尔街[6]的宅邸找我。她总是和我谈起孩子,但我很少听进去,并不觉得这和

---

[1] 佛罗伦萨:意大利中部城市。
[2] 里窝那:意大利西岸港口城市。
[3] 罗马:意大利首都,位于意大利半岛中西部。
[4] 那不勒斯:意大利南部城市。
[5] 威尼斯:意大利东北部城市。
[6] 格勒内尔街:巴黎街道,位于巴黎第六区和第七区。

我有什么关系。我只是时不时给她一笔数目不小的钱,跟她说:

"'替他存起来吧。'

"两年过去了,她越来越喜欢把小'德·莱昂'的近况告诉我。有时候,她还哭着说:

"'你一点也不爱他;连看他一眼都不愿意。你太让我伤心了!'

"终于有一天,我经不住她的软磨硬泡,便答应她:第二天,当她带着孩子去香榭丽舍大街散步的时候,我去见见他们。

"可是,出发前,我还是被不安打败了。男人也有软弱愚钝的时候,谁能预测我到时候会想些什么呢?万一我喜欢上那个我生的小东西呢?那是我的儿子啊!

"我已经戴上了帽子和手套,可最终还是把手套丢到了桌子上,把帽子扔到了椅子上:'不,我决定了,还是不去了,这么做才是明智之举。'

"就在这时,门开了。我的弟弟走了进来,交给我一封他早上收到的匿名信:

"'请转告令兄德·L伯爵,那个住在卡赛特街[1]的无耻女人正在玩弄他。请务必让他了解清楚她的为人。'

"我从未对他人说过这桩历时已久的艳情,所以非常吃惊。接着,我就把这段故事的始末都告诉了我弟弟。最后我说:

---

[1] 卡赛特街:巴黎街道,位于巴黎第六区。

"'可是我不想亲自去处理这件事,还请你帮个忙,去打听一下吧。'

"弟弟走了,我思忖道:'她骗了我什么呢?难道她还有别的情夫?那又有什么呢?她这么年轻,妩媚,漂亮,我对她也别无所求啊。她看起来还是挺爱我的,而且说到底,我也没在她身上付出多大的代价。真的,这还是挺让人费解的。'很快,我弟弟就回来了。警察局的人向他提供了她丈夫的全部情况:'该男子任职于内政部,遵纪守法,记录良好,思想端正,但娶了一个非常漂亮的妻子,而其薪水不足以满足其妻子的日常开销。'就这些。

"我弟弟还去她的住处找过她,得知她出门后,便用重金套了女看门人的话:'D……太太,为人挺正派的,她丈夫也是个正派人,他们不高傲,不富裕,但很大方。'

"我弟弟随口问了一句:

"'她小儿子多大了?'

"'先生,她哪儿来的小儿子呀?'

"'怎么?小德·莱昂呢?'

"'没有,先生,您肯定是弄错了。'

"'那么她两年前去意大利旅行时生的那个孩子呢?'

"'她从来没去过意大利,先生,她在这儿住了五年了,还从没离开过她的屋子呢。'

"我的弟弟非常惊讶，于是又反复询问打听，做了更深入的调查，得到的结果依旧是：她没有生过孩子，没有出过远门。

"我也十分震惊，对她这出喜剧的最终目的百思不解。

"'我想把这个事情弄个明白。'我说，'我会请她明天到这里来。你来替我接待她。如果她确实玩弄了我，你就把这一万法郎交给她，我也不会再见她了。老实说，我已经开始厌烦了。'"

"不知你们信不信，前一天我还在懊悔和这个女人生了一个孩子，而转眼我就因为这个孩子并不存在而恼火羞愤，甚至觉得受到了伤害。我解脱了，摆脱了所有的责任和焦虑，但同时，我也非常气愤。

"第二天，我弟弟在我的书房里等她。她像平常那样兴高采烈地进来，张开双臂跑向他；看清屋子里的人是他后，又立即停下。

"他行了一个礼，表示了歉意。

"'夫人，请原谅，今天由我代替家兄接待您。不过，他希望您能就一些问题向我作出解释，因为他觉得如果亲耳听到您的说辞一定会非常痛苦。'

"说完，他盯着她的眼睛，突然开口：

"'我们已经知道您没有生过他的孩子了。'

"她先是错愕地愣了一下，但随即就镇静自若地坐了下来，还面带笑容地回视着这位法官。她爽利地回答：

"'没错，我没有孩子。'

"'我们还知道您没有去过意大利。'

"这回，她索性笑出了声。

"'是的，我也没去过意大利。'

"我弟弟早已目瞪口呆，但也只好接着说：

"'伯爵委托我把这笔钱交给你，从此你和他就再无瓜葛了。'

"她恢复了严肃的姿态，默默地把钱装进了自己的口袋，然后天真地问：

"'这么说来……我再也不能见伯爵了？'

"'是的，夫人。'

"她好像有些失落，但还是平静地说：

"'可惜了，我还是很爱他的。'

"看到她如此干脆地表了态，我弟弟也笑了，他问道：

"'那么，现在请您告诉我，您为什么要编造出旅行和孩子这么一套漫长又复杂的骗局呢？'

"她极其惊讶地看着我的弟弟，好像在说他提了一个愚蠢至极的问题。然后她回答道：

"'啊，说起这个小计谋嘛，您觉得像我这样一个微不足道的小市民家的女子，若是不耍点小花招，又怎么能把堂堂德·L伯爵这样有钱的部长、迷人的爵爷攥在手心里三年之久呢？不过，现在都结束了。也罢,反正本来也不指望能和他天长地久的。不管怎么说,过去的三年里,我还是成功了的。就请您代我向他问好吧。'

"她起身欲走,我弟弟又追问道:

"'可是……孩子呢?您不是说过,想让他去见一个孩子的吗?'

"'确实,但那是我妹妹的孩子。是我跟她借来的。我敢打赌,就是她跟你们告的密吧。'

"'好吧。可那些从意大利寄来的信呢?'

"为了笑得舒服一点,她索性又坐了下来。

"'噢!那些信啊,说来就有趣了。伯爵那个外交部长可不是白当的呀。'

"'然后呢?'

"'然后,那就是我的秘密了。我可不想连累别人。'

"她挂着略含讥诮的笑容道了别,就像一个已经谢幕的女演员那样,不带丝毫感情地走出了门。"

像是要补充一句警世名言一般,伯爵又加了一句:

"还是去相信鸟儿们吧!"

买卖

干 这 行 的 多 少 懂 点 门 道 。

在下塞纳省[1]的重罪法庭里，布吕芒（塞泽尔－伊西多尔）和科尔尼（普罗斯珀－拿破仑）正在接受庭审，他们均被指控企图淹杀前者的妻子布吕芒大妈。

两位被告人并排坐在法庭惯用的长凳上，他们都来自乡下。布吕芒是个矮胖子，短胳膊短腿，红红的脸上长满了粉刺，脖子短到快看不见了，那圆圆的脑袋像是被直接插在了同样又短又圆的上半身上。他是个养猪的，一直住在克里克托区的卡舍维耶－拉－古皮村。

普罗斯珀－拿破仑·科尔尼则是一个中等身材的瘦子，胳膊尤其长，他歪着脑袋，歪着下巴，连眼珠子都是歪斜的；身上那件蓝罩衫长得像衬衫似的，一直拖到了膝盖上；头顶上盖着黄而稀疏的头发，让他看起来既萎靡邋遢，又丑陋不堪。但他能够

---

[1] 下塞纳省：法国诺曼底大区所辖省份。成立于法国大革命后，当时命名为下塞纳省（Seine-Inférieure），后于1955年改名为滨海塞纳省（Seine-Maritime）。因本文发表于1884年，故文中译为下塞纳省。

惟妙惟肖地模仿教堂里的唱诗班,甚至蛇形风管的演奏声,所以人们都叫他"本堂神父";他的这个才能为他在克里克托的咖啡馆招徕了一大堆客人,因为大家都觉得"科尔尼家的弥撒"比上帝的还要有趣。

布吕芒夫人坐在证人席上。她是一个瘦瘦的乡下女人,总是无精打采。她一动不动地坐着,双手叠放在膝盖上,眼神直勾勾的,表情有些呆滞。

庭长继续问讯:"所以,布吕芒大妈,他们进了您的屋子,把您扔进了盛满水的大桶里。现在,请您起立,把他们的行凶过程详细地描述一遍。"

她站了起来,高得像一根桅杆,头上还戴着一顶白色的无边帽。她拖着声音说了起来:

"这俩人进屋的时候,俺正在剥四季豆。俺寻思着:'他俩这是要做啥?瞧那鬼鬼祟祟的样子,一定有猫腻。'他俩就这样斜着眼睛盯着俺,特别是那个科尔尼,他本来就是个斜眼。俺看见他俩在一块儿心里就不太舒坦,因为这两人在外边就不是什么正经人。俺就问他俩:'你俩想干啥?'他俩也没回话,俺心里就觉得不大对劲了……"

被告布吕芒粗暴地打断了她的陈述,扬声喊道:"俺喝高了!"

这时科尔尼转向他的同谋,用风管似的声音低沉地说:"你得说咱俩都喝高了,说你没骗人。"

庭长严肃地说:"您是想说你们都喝醉了吗?"

布吕芒回答:"这不明摆着嘛。"

科尔尼也接话道:"这事谁都有可能摊上。"

庭长又对被害人说:"布吕芒大妈,请继续您的陈述。"

"然后,布吕芒就对俺说:'你想挣一百苏吗?'俺说想,因为俺也不是随随便便就能挣到一百苏的。接着,他就对俺说:'那就睁大眼睛,照着俺做。'说完,他就跑出去找那个放在墙边檐槽下的大破木桶;他翻倒了木桶,把它弄到了屋子中央,再把它扶正,然后又对俺说:'去打水来,把这个桶装满。'

"俺就提着两个小桶去池塘打水了,俺一趟趟地运水,那个桶大得就跟个酿酒槽似的,所以俺一运就是一小时。请见谅,庭长先生。

"在俺运水的空当儿,布吕芒和科尔尼就在那儿喝酒,喝了一杯又一杯,一杯又一杯。他俩就这样互相灌着酒,俺就说了:'你俩都被灌满了吧,俺瞧着比那桶都满。'布吕芒就对俺说:'你就别操这闲心了,只管干你的活,等会儿就轮到你了,人人都有好处拿。'俺也没太把他的话当回事,毕竟他都喝高了。

"等大桶里的水快要溢出来的时候,俺说:'好了,灌满了。'

"科尔尼就给了俺一百苏。不是布吕芒,是科尔尼,是科尔尼给的俺钱。然后布吕芒就问俺:'你还想再要一百苏吗?'

"俺就说:'好啊。'因为俺不大能摊上这种好事。

"接着他就说:'那你就把衣服脱了。'

"俺说:'你要俺脱衣服?'

"他说:'对。'

"俺又问:'脱多少才作数?'

"他说:'你要是觉得害臊,那就留着内衫吧,对咱也没啥影响。'

"一百苏到底是一百苏啊,所以俺就脱衣裳了,但在这两个无赖面前脱,俺还是不太舒服。俺摘了帽子,除了上衣,又脱了裙子和鞋子。这时布吕芒对俺说:'把袜子也留着吧,俺俩都很好说话的。'

"科尔尼也说:'俺俩可好说话了。'

"这时,俺脱得和咱的夏娃母亲差不多了。他俩都站了起来,可是都站不直,请见谅,庭长,他俩都喝高了。

"俺又寻思着:'这俩人到底打的什么算盘。'

"布吕芒就问:'这样行吗?'

"科尔尼说:'行啊!'

"就在这时,他俩就把俺抬了起来,布吕芒把着俺的头,科尔尼抓着俺的脚,就像抬着一床洗好的被单一样。俺就喊了起来。

"布吕芒就吼俺:'闭嘴,臭娘儿们!'

"他俩就这样把俺抬了起来,按进了盛满水的大桶里,俺立马觉得血都冲上了脑门,肠子都结成了冰疙瘩。

"布吕芒说:'只有这点了?'

"科尔尼说:'不能更多了。'

"布吕芒又说:'脑袋还在外面呢,这也得算进去。'

"科尔尼就说:'那就把脑袋按进去。'

"然后,布吕芒就把俺的脑袋往死里按,几乎是要淹死俺啊。水涌进了俺的鼻子,俺都快到阎王殿了。他还在那儿按,俺就完全淹到水里去了。

"后来他可能心里也犯怵了,就把俺从水里揪出来,对俺说:'快去换身干衣裳,你个贱骨头。'

"俺,俺就逃了。俺一路跑到了本堂神父那儿,因为俺还没穿衣服,他就跟他家女佣借了一条裙子给俺穿,然后他就去找希科师傅,那是咱村上的村警,希科师傅又去克里克多找宪兵,再然后,他们就陪着俺回了家。

"回到屋里,就看见布吕芒和科尔尼像两只公羊似的扭打在一起。

"布吕芒叫着:'你这不对,俺跟你说,至少得有一立方米。肯定是法子不对。'

"科尔尼也喊着:'四小桶,差不多就是半立方米。没啥好说的了,就这样了。'

"宪兵队长把他俩都给拿下了。俺也就没啥好做的了。"

她坐了回去。大家都笑了。陪审团一个个都瞠目结舌,面面相觑。庭长说:"被告科尔尼,似乎是您教唆了这起可耻的犯罪,您可有什么要为自己辩护的?"

于是轮到科尔尼站起来发言:"庭长大人,俺喝高了。"

庭长严肃地回复:"这个我已经知道了。说后面的事。"

"那俺就说了。那天,布吕芒差不多在早上九点到了俺店里,他点了两杯啤酒,又对俺说:'科尔尼,一杯是给你的。'俺就在他对面坐下喝了酒,为了讲讲客气,俺又回请了他一杯。后来他又请俺,俺又请他,就这样一杯一杯,俺俩一直喝到了中午才喝尽兴。

"这时,布吕芒哭了起来,这让俺怪不自在的。俺问他怎么了,他说:'俺得在这个星期四前凑齐一千法郎。'您懂的,对这种事,俺也没啥好说的。但他突然脑门一热,跟俺说:'俺把俺老婆卖给你吧。'

"俺那时已经喝高了,俺又是个光棍。您懂的,俺就心痒了。俺不太认得他老婆,但那好歹也是个女人,一个女人哪,对不?俺就问他:'你打算怎么卖?'

"他想了会儿,或者说他装模作样地想了一会儿。人一喝高,脑子就不灵光了,他对俺说:'我得按立方米卖。'

"俺也没太吃惊,因为俺和他一样都喝迷糊了,而且干俺这一行的,都晓得立方米。一立方米就是一千升。俺觉得这么卖可以。

"只是,价钱还得再谈谈。不管谈啥都要以质量为准哪。俺就问了:'那你一立方米卖多少钱呢?'

"他说:'两千法郎。'

"俺就像兔子似的跳了起来,后来,俺转念一想,一个女人最多也就三百升。不过,俺还是说:'太贵了。'

"他说:'不能再低了,再低就亏本了。'

"您也知道,他卖了这么些年的猪肉也不是白卖的。干这行的多少懂点门道。可就算这个卖肥膘的老奸巨猾,俺也不会差到哪里去,因为俺好歹是个卖酒的。哈哈哈!俺对他说:'如果她是个新的,俺也没话可说,可她都被你用过了,对不,那就是旧货了。所以每立方米俺只能付一千五百法郎,一分都不能多了。成交吗?'

"他说:'行。那就一言为定了。'

"敲定以后,俺俩就手挽着手走了。人活着就应该像这样互帮互助嘛。

"后来,俺又有点担心,就问他:'你总得用上水吧,不然,你要怎么量她的体积呢?'

"他就说了他的想法,但因为他喝多了,所以说起来有点费力。他说:'到时候就拿一个大桶,差不多给装满水。然后俺就把她放桶里,咱只要量溢出来的水就好了。'

"俺就对他说:'这个俺也知道。但是那些溢出来的水都流掉

了,你要怎么收到一块儿量呢?'

"他可能是觉得俺太蠢了,就解释说等他老婆从桶里出来后,把桶里的水补满,之后补进去的水,就是需要量的部分。俺估摸了一下十小桶水,大概有一立方米。瞧,这家伙就算是喝高了,都没有昏头。

"长话短说罢。到他家后,俺就仔细看了看他老婆。要说她有多好看吧,也不是。反正她就坐在这儿呢,大家也看得到。俺一想:'上当了,但管他呢,就这样吧。好看难看,用处都一样,您说对不,庭长大人?然后俺又瞧她瘦得和一根钓鱼竿似的,就估摸着:'她也到不了四百升。'毕竟俺是个卖酒的,这方面可是门儿清。

"至于咋动的手嘛,她已经跟您说过了。可俺都不顾自己吃亏,让她留着袜子和内衫呢。

"等事情都做完了,她却溜走了,俺说:'当心啊,布吕芒,她跑掉了!'

"他说:'别担心,俺总能把她逮回来的。这娘儿们非回来不可。俺先来算算要补多少水。'

"量完了,结果不到四桶。哈哈哈!"

被告笑个不停,直到一个警察在他背上拍了一下才有所收敛。等冷静下来后,他才继续说:

"布吕芒就说啦:'不行,这不够。'然后俺就喊了起来,他也喊了起来,俺就喊得更响,他打了俺一下,俺也揪住了他。因为俺俩都喝多了,就纠缠了很久,就和上一次庭审一样久。

"接着警察就来了。他们把俺俩臭骂一顿,还捉弄了俺俩。俺蹲了牢,俺还想要赔偿呢。"

他坐下了。

布吕芒表明同伙所言句句属实。陪审团都惊呆了,不得不休庭商议。

一个小时后,陪审团回到法庭,宣判被告无罪,但严肃强调了婚姻应保有庄严性,以及商业交易应遵守明确的界限。

审判结束后,布吕芒就带着他的妻子回到了他们的家。

科尔尼也回去继续做他的买卖了。

木柴

就是因为这个,我才至今未娶。

客厅不大，四周都挂着厚厚的帷幔，透着一股幽香。宽阔的壁炉里，柴火烧得很旺，而炉台一角则孤零零地摆着一盏台灯，灯光透过镶有老式花边的灯罩，柔和地洒在了两个正在谈话的人身上。

她，是这家的女主人，虽已白发苍苍，但仍魅力十足，让人心生爱慕之情；她的皮肤没有丝毫皱纹，光滑得像细腻芬芳的白纸；浑身还散发着清香，那是因为长久以来她在沐浴时使用的优质香精已从表皮渗入了肌理，于是人们在轻吻这位老太太的手时，就好似打开了一盒佛罗伦萨的鸢尾花香粉，闻到扑鼻而来的香味。

他呢，是她的老朋友，一直都没有结婚，是她每周都会见面的友人，也是她人生旅途的同伴。但他们的关系也仅限于此。

谈话中断了一分钟左右，两人都看着炉火，各自遐想着什么，这是一种让人觉得亲切舒服的沉默，让交谈双方不需要滔滔不绝也能自得其乐。

突然，一大块木柴，或说是一截覆满燃烧着的根须的树墩，塌落下来。它从炉架上方弹进了客厅,滚上了地毯,还带起了飞溅的火星。

老太太轻呼了一声,直起身来作势要躲,而男人只是用靴子拨了几下,就把那一大块木头踢回到壁炉中,随后他又用鞋底把散落的滚烫渣滓刮扫干净。

这起意外发生的事故得到解决后,一阵强烈的焦臭味却弥漫开来。男人坐回到朋友面前,面带微笑地看着她。"你看,"他指着重新回到壁炉里的木柴说道,"就是因为这个,我才至今未娶。"

她十分惊讶,开始仔细打量起他来,那目光里的好奇不只是女人追根究底时的好奇,更是上了年纪的女人特有的审慎复杂的、往往还是狡黠戏谑的好奇。她问道:"这是怎么一回事?"

他回答:"噢,这事就说来话长了,说起来还叫人伤心羞愧呢。"

"我的老朋友们一直都想不明白,我和朱利安——我最好的朋友之一——突然就疏远生分了。他们对此百思而不得其解:像我俩这样亲密无间、难舍难分的朋友,怎么会忽然之间就形同陌路了呢?好吧,现在就让我来说说这其中的隐情吧。

"以前,他和我住在一起。我们总是形影不离,我们之间的友情是那样深厚,看起来是那样牢不可破、坚不可摧。

"一天晚上,他在回家的路上告诉我他要结婚了。

"我犹如遭受了晴天霹雳,感觉他不仅欺骗了我,甚至还背叛了我。一旦朋友成了家,就完了,什么都完了。女人的心是敏感多虑的,甚至耽于肉欲的,她们绝对容忍不了男人之间那种强烈却纯粹的羁绊——那是精神、心灵以及信念上的羁绊。

"您也明白,夫人,不管是什么样的爱情将男人和女人紧密维系,他们在灵魂和心智上仍旧是格格不入的;他们始终扮演着交战双方,来自不同种族,两者之间必有一个征服者和一个服软者,一个主人和一个奴隶,非此即彼,永远无法势均力敌。他们紧紧地握手,手掌因为热情而颤抖;但他们从来不会郑重其事、光明正大地握手。可若是在男人之间,这样的握手就能打开双方的心扉,让彼此坦诚相见,共同宣泄真诚、强烈、厚重的情感。真正的智者,不该选择婚姻,更不该为了老来有所慰藉而去生育终将离他们远去的子女,他们应该找一个高尚、可靠的朋友,两人志同道合,白首同归,而这样的情谊只可能存在于男人之间。

"最后,我的朋友朱利安还是结婚了。他的妻子漂亮迷人、娇小玲珑又珠圆玉润,留着一头金黄的卷发,很有活力的样子,看上去很爱我的朋友。

"起初,我很少去他们家,因为我担心如若自己介入得太多,会影响他们之间的感情。但他们就像在诱惑我似的,不停地向我发出邀约,并对我非常友好。

"渐渐地,我被这种共同生活带来的和谐与美好给俘获了,开始经常去他们家吃晚饭。那时,我时常在夜深人静时回家,看着空荡荡的屋子便心生惆怅,也想像他一样娶一位妻子回家。

"他俩看上去的确是情投意合,如胶似漆。一天晚上,朱利安写信给我,邀我共进晚餐,我如约去了。'好兄弟,'他说,'晚饭后,我要离开一会儿去办点事。我十一点前回不来,但十一点整,一定能到家的。在那之前,我希望你能陪陪贝尔特。'

"少妇粲然一笑,接话道:'说起来还是我想到要请您来帮忙的呢。'

"我握了握她的手,说:'您总是这么客气。'随即,我感到我的手指被亲昵地、久久地握了一下。我对此并没有太在意。大家入席就餐,八点一到,朱利安就离开了。

"他一走,就有一种特别不自在的感觉出现在了我和他妻子之间。我和她还没有单独相处过,虽然我们已越来越熟悉了,但像这样两个人面对面地待在一起还是头一回。起先,我还东拉西扯地讲了些没有意义的事情,就是那些人们在尴尬沉默的处境中说的不痛不痒的话。但她没有给出任何回应,就只是在我对面坐着:她坐在壁炉的另一侧,垂着头,眼神游移不定,一只脚伸向炉火,似是在冥思苦想些什么。把所有的闲话都掏空后,我便也陷入了沉默。我没想到,原来没话找话有时也会让人如此难堪。接着,我再一次感受到了空气中的异样,那是一种无形的、不可名状的、难以形容的东西;也是一种隐秘莫测的警告,预示着另一方对你心存好感或暗怀企图,却又对此讳莫如深。

"这可怕的沉默又持续了一段时间。终于,贝尔特对我说:'给炉子里再添一块柴吧,朋友,您也看见了,火快灭了。'我打开了柴箱——那箱子和您家里的这一副就连摆放的位置都是一模一样的——又拿出了一块柴,我选了最大的那一块,把它架在了那堆已经烧了七八成的柴火上,搭成了金字塔状。

"然后,沉默又开始了。

"几分钟后,那块柴烧得很旺了,炉火把我们的脸烤得热辣辣的。少妇终于抬头看向我,眼神有些古怪。'现在,又有些太热了。'她说,'咱们去那边吧,坐到沙发上去。'

"于是我们就坐到了沙发上。

"突然,她一边直视着我,一边问:'如果有个女人对您说她爱您,您会怎么做?'

"我非常窘迫,回答她:'天哪,这可说不准,这得看是什么样的女人吧。'

"她听了这话就笑了起来,那笑声干巴巴的,有些神经质,甚至还带了些颤音,这是一种仿佛能把薄玻璃杯震碎的假笑,她说道:

"'男人啊,总是这样,优柔过甚又机敏不足。'她沉默了一会儿,又追问道:

"'您谈过恋爱吗,保罗先生?'

"我承认了:'对,我谈过。''跟我说说吧。'她说。

"我就跟她随便讲了一段往事。她很仔细地听着,却又时不时地做出不赞成或是不屑的表情。突然,她说:'不,您根本不懂什么叫恋爱。我觉得,美好的爱情,应该叫人撕心裂肺,头晕目眩,它应该——怎么说呢——它应该是危险的,甚至是邪恶的,那是近乎犯罪、近乎渎神的情感,它应该是一种背叛;我想说的是,爱情应该去冲破神予的障碍,摧毁法律的禁锢,打破兄弟间的情谊;如果爱情就是波澜不惊的、轻而易举的、稳妥万全的、循规蹈矩的,那还能算是爱情吗?'

"我不知该如何回应,不禁对自己发出这句富有哲学意味的感慨:呵,这就是女人脑子里的想法,真是长见识了!

"说话间,她已经摆出一副漠然且假正经的表情;她倚着坐垫,伸了伸腰,躺靠了下来,头抵着我的肩膀,裙子微微撩起,露出了一边的红色丝袜,那丝袜在炉火光芒的映衬下显得格外妖娆艳丽。

"这样过了一分钟后,她说:'我吓着您了。'我否认了。她便整个倒进了我的怀里,也不看我,只是自顾自地说:'如果我告诉您,我,我爱上您了,您要怎么做呢?'我还没想到要如何回应,她的手臂就搂上了我的脖子,又把我的脸猛地转了过去,随即就将自己的唇贴上了我的唇。

"啊!亲爱的朋友,我跟您保证我绝对没有开玩笑!什么!

让我欺骗朱利安吗？做那个邪恶狡诈、可怖吓人的小疯妇的情人吗？我猜她情欲难遏，已不满足于自己的丈夫了！仅仅为了偷尝禁果、藐视危险、辜负友谊就无止尽地背叛、欺瞒、玩弄爱情吗！不，这可不会让我快乐。可我又该怎么做呢？效仿约瑟[1]吧！那可是一个愚钝不堪又极难演绎的角色，因为她阴险恶毒，背信弃义，这个女人，当真是厚颜无耻，让人抓狂，为达目的可以不择手段！哦，若是谁没有品尝过一个随时准备委身于自己的女人的吻，那就让他来第一个谴责我好了……

"……然后，再晚一分钟……您明白的，对吧？若是再晚一分钟……我……不，她就……对不起，是朱利安他……或者说谁就……总之就在这时，突然一阵巨响把我们吓得都跳了起来。

"那块木柴，对，夫人，就是那块柴，它蹿进了客厅：它碰翻了炉铲又撞倒了挡火板，像一阵裹挟着火苗的飓风滚了过来，点燃了地毯，一路杀到了一把扶手椅下面，差点就要把椅子点着了。

"我像一个疯子似的冲了过去，就当我把那块燃烧着的救命柴丢回壁炉时，房门突然被打开了！是朱利安，他满脸笑意地回

---

[1] 约瑟：《圣经》里的人物，以色列十二列祖之一。因受到兄长嫉恨，他被卖给一个名叫波提乏的埃及护卫长并为其管理家务，波提乏的妻子却多次引诱约瑟，均被其拒绝，但有一天，波提乏的妻子诬告约瑟意图对她实施强奸，害约瑟被关进了监狱。

来了。他大声地说:'我完事儿啦,事情提前两个小时办好啦!'

"对,我的朋友,如果没有那块柴,我就要被抓现行了。您能想象那会是什么下场!

"但从此以后,我也引以为戒,告诉自己下不为例,下不为例。接着,我就察觉到朱利安对我的冷淡,大家也都发现了这一点。显然,是他妻子在背地里破坏了我们的友情;渐渐地,他就完全将我拒之门外了,我们也就再也没有见过面。

"我一直都没有结婚。这下您也不觉得奇怪了吧!"

爱情游戏

我就是一盘一直被您忽略的菜肴……

壁炉里火烧得很旺。一张日式桌子上，面对面地放着两盏茶杯，茶壶冒着热气，旁边依次摆放着一个糖罐和一个装着朗姆酒的长颈大肚瓶。

德·萨吕尔伯爵把帽子、手套以及皮衣都扔在了椅子上，伯爵夫人则脱下了舞会斗篷，在镜子前稍稍理了下头发。她对着镜子里的自己甜美地微笑着，用闪着戒指精光的纤细手指轻轻拍着鬓边的卷发。然后，她转向了自己的丈夫。伯爵已经怔怔地看了她一会儿了，他欲言又止，仿佛心头梗着什么难以启齿的话。

终于，他开口道：

"今晚，您奉承话可听够了？"

她直视着他，眼神里透露着一丝得意和挑衅，回答道：

"我想是的！"

接着，她坐在椅子上，而伯爵在她对面坐下，掰开了一块奶油圆球蛋糕，说：

"要我说……这也太可笑了。"

她反问：

"您这算是吵架吗?还是您想要指责我什么?"

"不,亲爱的朋友,我只是想说比雷尔先生对您的所作所为是不得体的。如果……如果……如果我有权利的话……我是能发火的!"

"亲爱的,想开点吧!此一时,彼一时,您如今的想法和去年的想法已经不一样了,事实就是如此。当我知道您找了个情妇,还很爱她的时候,您也就管不了别人是不是给我献殷勤了。就像您今晚一样,我也向您袒露过我的难受,可我难受的理由比您充分多了,朋友,毕竟是您勾搭了德·赛尔维夫人,是您让我心碎,也是您让我变得可笑不堪。可是,您当初是怎么回应我的?噢!您让我彻底明白了我是自由的,对于精明的人而言,婚姻不过是一种利益结合,是一种社会关系,而不是道德与精神的约束。不是吗?您还让我明白您的情妇远远地优于我,比我有魅力,比我更有女人味!这可是您说的:更有女人味!当然了,这番充满恭维的言辞完全合乎一个有教养的人所要讲的礼仪分寸,其精致文雅的程度连我都叹服不止。而我也完全能够理解。

"我们都说好了,我们今后还会生活在一起,但彻底分居。我们共同抚育一个孩子,他也是我们之间唯一的纽带。

"我基本上摸透您的想法了,您在乎的只是面子和表象,若是我愿意,我也可以找一个情人,只要不公开就好了。您还义正辞严、滔滔不绝地评论过女人外表精致,善于维持礼节等特点呢。

"我的朋友，我明白，非常明白。您那时深深地爱着德·赛尔维夫人，而我对您的正当的柔情、法定的情分却让您束手束脚。或许，因为我的存在，您的一些才能还无从发挥呢。自那以后，我们就分房而居了。我们一起抛头露面，再一同回来，然后回到各自的房间。

"可最近一两个月，您竟然露出了嫉恨之色。这又是什么意思呢？"

"亲爱的，我并没有嫉妒，我只是担心您会给自己惹麻烦。您年轻有活力，还爱冒险……"

"不好意思，如果您非要用'冒险'这个词，那我就要跟你好好比一比了。"

"哎，求求您，您就别说笑了。我现在是以一个朋友，一个可靠的朋友的身份和您说话的。至于您刚刚说的，实在是有些夸大其词了。"

"一点也不。您之前都承认了，承认了你们之间的关系，这就意味着我有权做同样的事情。我都还没——"

"拜托您……"

"请让我说完。我都还没和您一样。我没有情夫，至少到目前为止，我还没有过……我在等，在寻觅，但我还没有找到。我需要找一个中意的对象，至少要比您优秀……您好像还没反应过来，我说这话其实是在恭维您呢。"

"亲爱的,现在不是开玩笑的时候。"

"可是我完全没有在开玩笑。您跟我谈到过十八世纪,让我感受到您身上也有一股摄政时期[1]的优雅之风。我可什么都没有忘记。等到了我不再是我自己的那一天,您就做什么都是徒劳了,您得明白,您甚至都不用怀疑……您以后也会像别人一样被戴绿帽子的。"

"噢!您怎么能说出这种话来?"

"这种话!……德·塞尔维夫人跟您说德·赛尔维先生那顶绿帽像是他自己找来戴的时候,您都笑疯了。"

"这话由德·赛尔维夫人来说还算好笑,可从您的嘴巴里说出来,就一点也不好笑了。"

"才不是这样。是因为'绿帽'这个词扣在德·赛尔维先生头上,您才会觉得有趣,若是扣在您头上,你就会觉得它不堪入耳了。这取决于您选择什么样的角度看待这个词。况且,我也并没有多喜欢这个词,我这么说只是想看看您成熟了没有。"

"成熟?哪方面成熟?"

"就是戴绿帽那方面啊。一个男人要是听到这种话还会暴跳如雷,就是因为他还……心痒痒着。再过两个月,当我谈到某个……'戴着帽子的男人',您就会第一个笑出来了。因为……是的……当人们戴着帽子的时候,是感受不到它的存在的。"

---

[1] 摄政时期:指路易十四到路易十五之间的过渡时期。

"您今晚真是毫无教养可言，我从没见过您这个样子。"

"啊！瞧……我变了……变坏了。可这都得怪您。"

"喂，亲爱的，我们正经地谈一谈。我求您，恳求您，不要再像今晚一样，让比雷尔先生这么不成体统地跟在您身后了。"

"被我说中了吧。您吃醋了。"

"不，当然不是。只是我不想让自己太难堪。我还不愿成为别人的笑柄。要是再让我看到他靠着您的肩，或者说，凑在您胸前跟您说话……"

"他在找一个传声筒。"

"我……我就揪了他的耳朵。"

"您会不会又爱上我了？"

"像您这么美的女人自然是有人爱的。"

"哎，瞧您这个样子！但是我，我可不再爱您了！"

伯爵从椅子上站起来，绕过小桌子，来到他妻子的身后，在她后颈落下了深深的一吻。她打了个激灵，站了起来，直直地盯着他：

"我们之间，就别再玩这种把戏了。我们已经分居，一切都结束了。"

"喂，别生气啊。这段时间以来，我觉得您还是很迷人的。"

"那么……也就是说……是我赢了。而您也……您也发现我……成熟了。"

"我发现您很可爱,亲爱的。您的手臂、脸色、肩膀——"

"都让比雷尔先生着迷……"

"您太狠了。可是……说真的……我不知道还有哪个女人像您一样诱人。"

"您还没吃东西吧?"

"嗯?"

"我说,您还没吃东西呢。"

"什么意思?"

"人不吃东西,就会饿,一旦饿了,就会饥不择食。我就是一盘一直被您忽略的菜肴……今晚……您不过是刚好对我下得了口罢了。"

"噢!玛格丽特!是谁教您这么说话的?"

"是您!喏,自从您和德·赛尔维夫人断了联系之后,您还找过四个情妇,都是些轻佻的女人,她们勾搭起男人来,可个个都是好手。所以,此刻若不是您一时挨了饿,还要我怎么解读您今晚的……心血来潮呢?"

"那我就直话直说、不讲虚礼了。我又爱上您了。说真的,这种感觉非常强烈。就是这样。"

"看啊,看啊。所以,您还想和我……破镜重圆?"

"是的,夫人。"

"那就今晚吧!"

"噢!玛格丽特!"

"好吧。您还是有些不爽呢。亲爱的,那就先说说清楚。现在,我们对于彼此而言什么都不是了,不是吗?我是您的妻子,这点不假,但我不再受您的——制约了。我正想着要和别人发展关系,您却要我优待于您。那我就先考虑您吧……价格都是一样的。"

"我不明白。"

"我来解释给您听。请您诚实地回答我,我和您那群小心肝们是不是一样好?"

"你比她们好几千倍。"

"好几千倍?"

"几千倍。"

"那么,三个月内,您在您最好的情妇身上花了多少钱?"

"我听不懂您的意思。"

"我是说:您过去最迷人的一位情妇,在三个月内,能用掉您多少钱,算上现钱、珠宝、晚餐、宴会、看戏,等等,统共会花掉多少?"

"这要我怎么说?"

"您应该有点数啊。来,那就保守点,取个平均数吧,每个月五千法郎,差不多吧?"

"差不多。"

"那么,朋友,现在马上付给我五千法郎,然后,从今晚算起的一个月内,我就是您的人了。"

"你疯了吧。"

"看来这就是您的回复。那就晚安吧。"

说完,伯爵夫人就离开了,并走进了自己的卧房。床罩半掀开着,房里飘着一股幽香,直沁入帷幔之中。伯爵来到房门口:
"您的房间可真香。"
"是吗?……可这里一点都没变。我一直都在用西班牙皮革香。"
"哦,那就怪了……真好闻。"
"可能吧。但现在,劳驾您离开,我要睡觉了。"
"玛格丽特!"
"请离开。"

伯爵突然走进了房间,坐在了一张扶手椅上。
伯爵夫人说:
"啊!您要这么做吗?呃,好吧,真是为您害臊。"
她慢慢地脱去了舞会礼服,露出了光洁白嫩的手臂。她在镜子前抬起手拆散了发髻,黑色丝绸胸衣的花边下露出了一抹粉色。
伯爵激动地站了起来朝她走去。
伯爵夫人说:
"别过来,不然我就生气了!……"
他用手臂紧紧环住了她,向她索着吻。
这时,她快速地弯下腰,抓起梳妆台上一杯漱口用的香水,胡乱地泼了她丈夫一脸。

他直起身来,头上滴着水,面带愠色地嘟囔道:

"真蠢。"

"也许吧……但您知道我的条件:五千法郎。"

"可是,那真的很蠢!"

"怎么蠢了呢?"

"还怎么蠢?丈夫还要跟妻子买睡吗?"

"噢!……看看您用的字眼,可真下流!"

"我可能是过分了。那我再说一遍,付钱给妻子,合法的妻子,是一件愚蠢的事。"

"那么,家里有着一位合法妻子,还要给浪荡的情妇花钱,就是蠢上加蠢。"

"随您怎么说,但我不想这么可笑。"

伯爵夫人在一张长椅上坐下来。她像蜕下一张蛇皮似的,将长筒袜翻转着脱下。玫瑰色的小腿从淡紫色的丝袜中露了出来,纤细的玉足踩在了地毯上。

伯爵又靠近了一点,温柔地问:

"您哪来这么古怪的想法?"

"什么想法?"

"跟我要五千法郎。"

"这再自然不过了。我们早已形同陌路了,不是吗?您现在想得到我,但您又娶不了我,因为我们已经结婚了。那您就只能买我了,说不定还比买别人便宜呢。

"所以,想想清楚吧。这笔钱可不会流进一个妓女的腰包,任她不知怎么挥霍掉,它会留在您府上,您自己的家里。再说,对于一个聪明男人而言,还有什么事情比付钱给自己的妻子更有趣、更新奇的呢?男人不合法地在外寻花问柳的时候,只爱那些高价的主儿,几乎能一掷千金。那您就给我们这段合法的……爱情,标个价,就当它是一份抢手的爱,这样,您就可以赋予它一种新的价值,一种放荡的味道,为它调和出一种……放肆下流的情趣。不是吗?"

她近乎赤裸地站了起来,朝浴室走去。
"现在,先生,请您走吧。不然,我就要摇铃叫侍女来了。"
伯爵目瞪口呆地站在原地,气急败坏地看着她。忽然,他朝她丢去了一个钱包。
"拿着吧,你这个坏女人。这里是六千法郎……但你明白吗?……"
伯爵夫人把钱收拾好,数了一数,然后慢悠悠地问:
"明白什么?"
"别养成这个习惯。"
她大笑起来,朝他走去:
"记着,每月五千法郎,先生,要不然我就把您还给您的小心肝们。而且就算……就算您觉得满意,我也可能会提价哦。"

一个女人的供述

从那一刻起,我便明白,我再也不会忠于我的丈夫了。

我的朋友，您曾让我对您讲述生命中最鲜活的回忆。如今，我也老了，上无父母，下无儿女，就可以毫无顾虑地把那些事情说给您听了。您只需保证永远不要向别人透露我的姓名。

您知道，我有过很多追求者，也爱过很多人。那时我美艳动人，虽然我现在还能这么说，但往昔的风韵已荡然无存。

过去，在我眼里，爱情维持着心灵的活力，就如空气维持着肉体的生命。若是我感受不到生命中的柔情蜜意，感受不到别人对我牵肠挂肚的爱慕之情，那我宁愿去死。

女人们总假装自己一生只够用力爱一次，但我就能时不时体验一段轰轰烈烈的爱情，以至于我从不相信自己的激情会枯竭。然而事实上，我的激情又会时不时就自然地消亡了，就像没有了木柴的火会自然地熄灭一样。

今天，我就跟您讲讲我遇到的第一桩风流韵事，虽然我在那件事里清清白白，可它却引发了我此后其他的艳遇。

勒佩克镇[1]那位可憎药剂师实施的可怕复仇[2]，让我想起了那桩我被迫卷入其中的悲剧。

当时我已经结婚一年多了，我嫁给了一个富家子弟，人称埃尔韦·德·凯尔伯爵……他出身于布列塔尼的古老家族，当然啦，我其实也不怎么爱他。爱情，真正的爱情，至少我觉得，需要同时具备自由和阻碍。强人所难的爱情，律法批准的爱情，神父赐福的爱情，还能算是爱情吗？一个循规蹈矩的吻永远也比不过一个不安于室的吻。

我的丈夫身材高大，英俊潇洒，极具贵族气派，却缺乏才智。他说话一向直来直去，盛气凌人，言辞尖锐，毫不婉转。大家都可以感受到他满脑子都是他父母从先辈承袭而来再灌输给他的观念和成见。他向来直言不讳，说出来的看法又总是直白肤浅，可他从不觉得尴尬，也不明白看待问题还能有别的视角。人们觉得他的大脑是封闭的，没有任何灵动的思想——那些如穿堂

---

[1] 勒佩克镇：法国小镇，位于法国法兰西岛的伊夫林（Yvelines）省，在塞纳河边。
[2] 指 1882 年 5 月 18 日发生于勒佩克镇的真实谋杀案件，被称为"勒佩克镇凶杀案"。药剂师弗诺鲁得知妻子加布里埃尔与另一位药剂师奥贝尔偷情后，强迫她引诱奥贝尔去往他们特地租来的一间屋子里，将其杀死，并抛尸于塞纳河中。同年 8 月，弗诺鲁夫妇被判死刑，10 月改判服终身苦役。莫泊桑曾为此案写过专栏文章，刊登于同年 8 月 16 日的《吉尔·布拉斯报》上。

而过的风一般，可以不断涤荡和整顿精神的思想。

我们居住的城堡位于偏僻荒凉的城镇。那是一座阴郁的大房子，被参天大树包围着，墙上的苔藓能让人联想到老头脸上的白胡子。猎场就像一座真正的森林，四周环绕着被称为"界沟"的深深沟壑；在荒原的尽头，我们还有两片大池塘，池塘里满是芦苇和水草。连接两片池塘的是一条小河，我丈夫让人在河边搭了一座茅屋，作为隐蔽伏击地来捕猎野鸭。

除了普通的仆人，我们还有一个守卫，他极其粗鄙，但对我丈夫忠心耿耿，另外还有一位贴身女仆，她和我异常亲近，就像我的密友一样。她是我五年前从西班牙带来的，是个弃儿。她皮肤黝黑，瞳色乌亮，深色的头发乌木一样蜷曲在额头前，别人总以为她是个吉卜赛女郎。当时她只有十六岁，但看上去有二十岁。

入秋后，我们就经常去打猎，有时去邻居那儿，有时就在自己家。一个年轻人，德·C男爵引起了我的注意，因为他来城堡拜访的次数出奇地多。之后，他又不来了，我也没有多想；但我觉察到我丈夫对我的态度有了变化。

他开始不苟言笑，忧虑焦躁，也不大和我亲热了；虽说早在之前，我为了能有点私人空间，就坚持与他分房睡，而他也不会贸然进我房间，但我经常能在夜里听到房门口有窸窸窣窣的脚步声，几分钟后，那声音的主人又会悄悄离去。

我的窗户在底层，我也总好像听见有人在城堡周围的暗处走动。我把这件事告诉了丈夫，可他却盯着我看了几秒，然后才说：

"没事，是守卫吧。"

但是，某天晚上，我们吃过晚饭后，埃尔韦看起来异常开心，他面带略显阴险的愉悦神色问我：

"有一只狐狸每晚都来偷母鸡吃，您愿不愿意到伏击地待上三个钟头，逮住它？"

"当然了，亲爱的。"我回答道。

我得说清楚的是，我常常像男人们一样去猎杀狼和野猪。因此，他提议我去伏击地打猎也很正常。

可是，我丈夫的神情又突然变得有些神经质，他整晚都非常激动，不停地坐下站起，很是焦躁。

快十点的时候，他突然说：

"您准备好了吗？"

我站了起来。他亲自把我的猎枪递给我的时候，我问：

"装子弹还是装霰弹？"

他愣了一下，然后才回答：

"噢，就装霰弹吧，霰弹就行，您放心吧！"

几秒钟后，他又阴阳怪气地说道：

"就为着您这份了不起的冷静，您也可以好好吹嘘一番了！"

我笑了起来：

"我吗？为什么这么说？吹嘘我能冷静地猎杀一只狐狸吗？您在想什么呀，亲爱的？"

说完我们就出发了，并沉默无言地穿过了猎场。整栋房子都沉沉地睡着。一轮明月好似把古老昏沉的宅邸染上了一层黄色，就连石板屋顶都在反着亮光，房子两侧的角楼也在顶端闪着两块光斑。这个夜晚既清冽又阴郁，既温和又沉重，没有丝毫的生机，也没有任何声音去打破夜的寂静。没有一丝微风，没有一声蛙鸣，也没有猫头鹰的呻吟，到处都笼罩着凄凉哀婉的氛围。

当我们走在猎场里的树下时，我感到一阵凉意袭来，还闻到一股落叶的味道。我的丈夫一言不发，但他眼观六路，耳听八方，仿佛在黑暗中嗅着什么，从头到脚都沉浸在狩猎的兴奋中。

很快，我们就来到了池塘边。

因为没有风，池塘里的灯芯草纹丝不动，但水中仍藏着不易察觉的动静。水面上偶尔会有一个小点荡漾一下，然后激出一圈圈的涟漪，好似湖面在没完没了地长出发光的皱纹。

当我们来到伏击地的时候，我丈夫让我走在前面，然后他就慢慢地给自己的枪填充弹药，弹夹发出的短促咔咔声给我一种奇怪的感觉。他感到我哆嗦了一下，便问我：

"您是不是觉得这场试验到此已经足够了？若是这样，那就走吧。"

我很讶异，回答道：

"完全没有，我既然来了为什么要走呢？您今晚很反常啊。"

他喃喃道：

"随您的便。"

于是我们就一动不动地待在原地。

差不多半个小时后，依旧没有任何动静打破这沉重又明亮的静谧秋夜，我低声问道：

"您确定它会经过这里吗？"

埃尔韦的身体颤了一下，就好像我咬了他一口似的，然后便凑近我的耳边，说：

"我很确定，您没听到吗？"

仍旧是一片寂静。

当我丈夫抓紧我的手臂时，我都已经在打瞌睡了；他的嗓音变了，变得很是尖细，他说：

"看到了没？就在那里，在树底下。"

可无论我怎么看，也依旧看不到任何东西。埃尔韦已经慢慢地把枪抵上了肩头，可眼睛却依旧盯着我。我也做好了射击的准备，突然，在我们前方三十步远的地方，一个男人出现在月光里，他正俯身快步离开，像是在逃跑一般。

我惊恐万分，大声地叫了出来；可是还没等我回头，一道火光在我眼前闪过,一声巨响震得我头昏脑涨,我看见那个人像挨了一枪的狼一样滚倒在地。

我吓疯了,发出了一声声尖叫,这时,一只暴怒的手,埃尔韦的手,掐住了我的喉咙。我摔倒在地,又被他粗壮的手臂提了起来。他把我举在空中,向倒在草地里的那具尸体跑去,又把我狠狠摔到那身体上,就好像要摔碎我的脑袋一样。

我绝望透顶,他要杀死我了,他的鞋后跟已经对准了我的脑门,可这时他却被人紧紧地抱住,仰面倒下,而我还没反应过来发生了什么。

我猛地站了起来,看见我的贴身女仆帕吉塔正用膝盖压着他,像一只发疯、发狂、发癫的猫一样抓住他,疯狂地揪他的胡须、唇髭,抓他的脸。

然后,她像是突然想起了另外一件事,又站了起来,扑向了那具尸体,将那人紧紧地搂在自己怀里,吻着他的眼睛和嘴巴,用自己的唇拨开他的唇,想从那里追寻回一丝生息以及恋人间深刻的温情。

我的丈夫爬了起来,看着这一幕。他恍然大悟后便跪倒在我脚边,说:

"啊!对不起,亲爱的,我怀疑了你,还杀死了这个姑娘的情人;是那守卫骗了我。"

而我，只是看着那一死一活两个人之间奇异的亲吻；看着她呜咽啜泣，然后因爱绝望而彻底崩溃。

从那一刻起，我便明白，我再也不会忠于我的丈夫了。

一个女雇工的故事

对她而言,生活中连绵不断的折磨就此开始了。

01

那一天，天气非常好，农场里的人比平常更早地吃完了午饭，都下地干活去了。

女雇工罗丝一个人留在非常宽敞的厨房里，炉膛里的余火正在锅底逐渐熄灭，锅里则盛满了热水。她时不时地从锅里舀出些水来，慢悠悠地洗着餐具，偶尔停下来，盯着阳光透过玻璃投射在长桌上的两个方形光斑——从这两块光斑里还能看出窗玻璃上的污损痕迹。

三只异常大胆的母鸡在凳子底下觅寻着面包屑。家禽棚里的气味、牛圈里发酵的热气都飘进了半开的门里；炎热而平静的午后，只听得几只公鸡在鸣叫。

姑娘洗完餐具后，又开始擦桌子、清壁炉，把碗碟码放在厨房尽头的餐具架上——架子很高，挨着一个嘀嗒作响的木质座钟；她叹了一口气，不知道为什么觉得有些头晕眼花、透不过气来。她眼睛扫过发黑的黏土墙、天花板上被熏黑了的木梁以及挂在梁上的蜘蛛网、熏鲱鱼和一串串洋葱；接着，她坐了下来，要知道这么多年来，这坚实的土地上曾有多少东西洒在上面又干掉，如今炎热的天气把土里沉积已久的气味给激发了出来，让她觉得恶心难受。这气味里还混杂着隔壁阴凉屋子里传来的奶制品结奶皮时发出的刺激味道。然而，她还是像以往那样开始做些针线活，可是她有气无力的，只能走到台阶那儿透透气。

于是，在炽热阳光的爱抚下，她感受到一种柔情沁入心脾，一股惬意流遍全身。

堆在门口的肥料不停地冒出小股蒸汽，折射着光线。几只母鸡在肥堆上打滚，侧身躺着，用一只爪子扒拉着肥料找虫子吃。在母鸡群里，有一只公鸡得意扬扬地站着。每一次，它都在母鸡中选出一只，一边绕着它打转，一边咯咯地向它发出召唤声。那只母鸡就懒洋洋地起身，曲着腿，用翅膀拖着公鸡，若无其事地接纳了它；事毕，母鸡便抖抖羽毛，把尘土都抖干净后，又重新躺回到肥堆上，与此同时，公鸡则啼叫着，炫耀着它的战绩；别的院子里的公鸡也都纷纷回应它，就好像它们在从一座农场向另一座农场发送着爱情挑战。

女雇工怔怔地看着它们，什么都没有想；接着她又抬起头，被开满了鲜花的苹果树晃了眼，那苹果花雪白雪白的，就像一个个扑了粉的小脑袋。

突然，一匹小马驹撒着欢儿地在她面前飞驰而过。它绕着栽植着树木的沟渠跑了两圈,然后猛地停下,左顾右盼的,仿佛在奇怪怎么只剩它自己了。

她还怀揣着一种奔跑的欲望,那是一种让身体活动活动的需求,但同时,她又很想躺下来,舒展她的四肢,在静止而燥热的空气里好好休息一下。她闭着眼睛,迟疑地走了几步,被一种原始兽性的快感攫住;接着,她便不慌不忙地到鸡窝去捡鸡蛋了。一共有十三颗鸡蛋,她一一捡出并带了回去。她把鸡蛋放进了橱柜,但厨房里的气味再一次让她感到不适,所以她又走出门,在草地上坐了下来。

农场的院子被树木环绕,好像在沉睡一般。草长得很高,鲜绿鲜绿的,那是春季特有的绿色,黄色的蒲公英在草丛中就像闪闪发光的小灯。苹果树的影子在树根边缩成了一团;房舍的茅草顶微微地冒着热气,就好像是马棚和谷仓里的湿气透过秸秆蒸发了出来,屋脊上长着叶子如同军刀的鸢尾花。

女雇工来到车棚底下,车棚里整齐地排放着各种货车和轿车;沟渠的凹陷部分有一个大坑,绿意盎然,开满了紫罗兰,花香四溢;而从沟渠的堤防上向远处望去,能看到整片田野——田野平坦而广阔,种满了庄稼,几片树丛散落在各处,人们三五成群地在一起干活,从远处看,他们小得就像一个个布娃娃,那几匹白马就像玩具,拖着仿佛是小娃娃用的犁头,后面由一个手指头那么大小的小人推着。

她去谷仓抱了一捆稻草,扔在那个大坑里以便坐在上面;后来,她还是觉得不够舒服,索性把稻草解开、铺平,伸着两条腿,把头枕在胳膊上仰面躺下。

渐渐地,她闭上了眼睛,慵懒惬意地打起了瞌睡。正当她快要完全入睡的时候,她忽然感觉到两只手抓住了她的乳房,便瞬间蹦了起来。原来是农场的雇工雅克,他是一个身材高挑、体格健壮的庇卡底[1]人,最近一段时间一直在追求罗丝。那天,他正好在羊圈干活,看到她躺在阴凉处,便屏着呼吸,蹑手蹑脚地靠近她,只见他两眼放光,头发里还夹着几根干草。

他试图亲吻她,可是和他一样健壮的罗丝给了他一记耳光,于是他又滑头滑脑地请求原谅。接着他们便肩靠肩地坐着,并愉快友好地闲聊起来。他们说这天气有利于庄稼的生长,说那一年的收成应该会不错,说他们的雇主是一个正直的人,接着又谈到了乡里乡亲和整个村子,谈到他们自己,以及他们的童年、他们的过往,还有和他们分别已久,甚至可能再也无法相见的父母。想到这些,她有些动容,而他呢,早已下定主意,向她挪了过去,紧贴在她身上,因被情欲主宰而兴奋地颤抖起来。这时,她说:

---

[1] 庇卡底:法国的一个地区,位于法国北部,历史上曾经是法国的一个省,由现在的埃纳(Aisne)、瓦兹(Oise)和索姆(Somme)三省组成。

"我已经很久没有见到我妈了,和她分别这么久,真叫人难过。"

她失神地望着远方,目光穿越了空间,直直地延伸到了北方,那里,那里是被她舍弃的村庄。

突然,他又搂住了她的脖子作势要吻她,不过她握紧拳头,朝着他的脸就是重重一击,打得他鼻血直流;他起身,把头靠在一棵树的树干上。这时,她又心软了,靠近他,问道:

"打疼你了吧?"

然而他笑了起来:"没,没关系。"只不过她这一拳正中脸中央。他悄声嘟囔道:"好家伙!"并一脸钦佩地看着她,他心中对这个结实的高个姑娘产生了一种敬意,一种完全不同的好感,一种刚刚萌发的真正的爱情。

血止住了以后,他向她提议去散个步,因为他怕如果再和她这样肩并肩待下去,还会再挨几记她的重拳。而她却主动地挽起了他的胳膊,就好像那些晚上在林荫道上散步的情侣一样,她还问他:

"这样可不好,雅克,你不该轻视我的。"

他否认了。不,他可没有轻视她,他不过是爱上了她,只是这样而已。

"那么,你愿意娶我吗?"她问。

他犹豫了,然后趁她又出神地望向远方的时候,侧目打量起了她。她的脸颊饱满而红润，丰满的乳房在印花棉布上衣下高高地挺起，厚厚的嘴唇鲜嫩欲滴，几乎完全裸露的脖子上布满了细密的汗珠。欲望再一次控制住了他，他把嘴唇贴向她的耳朵，轻声说：

"是的，我愿意。"

于是，她搂住了他的脖子，久久地亲吻他，久到两个人都喘不过气来。

从此，那永恒的爱情故事便在他们之间开始了。他们在角落里互相调情，伴着月光在草垛后面幽会，用钉着铁皮的大皮鞋在桌底下互相蹭着，在对方的腿上留下淤青。

随着时间的流逝，雅克似乎渐渐厌烦她了，他开始躲着她，不大和她说话了，也不再想方设法地和她独处了。这让她焦虑无比、伤心万分，然而，又过了一段时间，她发现自己怀孕了。

起先，她很懊丧，继而又愤怒起来，接着怒意一天更甚一天，因为他绞尽脑汁地躲着她，让她怎么都找不到他。

最后，在一天夜里，等农场里的人都睡着了以后，她穿着衬裙，光着脚，轻手轻脚地出了门，穿过了院子，推开马厩的门，而雅克正在一口垫满麦秆的、放在他照料的几匹马上头的箱子里睡着大觉。他听到她进门了，但依旧装模作样地打着呼噜，而她还是爬了上去，跪在他身边，不停地摇着他，直到他起身。

他坐了起来，问："你想要做什么？"她气得直哆嗦，咬牙切齿地说:"我想,我想要你娶我,你答应过要和我结婚的。"他笑起来,回答道:"哎呀!要是发生过关系的姑娘都得娶回家,那还怎么得了哇。"

而她一把掐住了他的喉咙,压在他身上,近乎野蛮地抱着他,由不得他挣脱,她一边扼住他的咽喉,一边凑近他的脸怒吼着:"我怀孕了!听见没,我怀孕了!"

他喘不过气来;两个人就这样,一动不动、一声不响地待在寂静的黑暗中,只有马匹从喂草架上扯下稻草、慢慢咀嚼时发出的咬合声打破这寂静。

当雅克意识到她力气更大时,只好犹犹豫豫地说:

"好吧,既然这样的话,我就娶你吧。"

但是她已经信不过他的承诺了。

她说:"你立刻去教堂公示,告诉大家我们的婚事。"

他回答说:

"马上就去。"

"你还要向上帝起誓。"

他犹豫了几秒,最终下定决心,说:

"我向上帝起誓。"

于是她松了手,没说一句话,就离开了。

接下来的几天里,她都找不到机会和他说话,而且,从那晚起,马厩的门每到夜里就会被锁上,而她生怕丢人,也不敢大事张扬。

后来,某天上午,她看见另外一个男雇工进来喝汤。她问他:"雅克走了?"

"是啊,"他说,"我顶了他的工作。"

她止不住地发抖,连锅子都取不下来了;等大家都去干活以后,她上楼回到自己的屋子里哭了起来,因为怕别人听见,她把脸埋进了枕头里。

这一整天里,她尽可能不引起别人怀疑地打听着他的消息;但她心里一直盘踞着自己的不幸,以至于她总觉得被她询问的人都在不怀好意地嘲笑她。接着,除了他已经远走他乡的消息之外,她就什么都打听不到了。

02

对她而言,生活中连绵不断的折磨就此开始了。她像一台机器似的干活,根本不知道自己在做些什么,脑子里只剩一个一成不变的想法:"要是让别人知道了,该怎么办……"

这个消散不去的困扰让她无法思考,她甚至都没有去考虑该怎么避免丑闻的散播,只觉得丑闻正在一天天地迫近,无法挽回,就像死亡一样,注定会来临。

每天早上,她起得比所有人都要早很多,然后魔怔地盯着那块她过去梳头时用的碎镜片，观察着自己的腰身，焦虑地想着今天会不会让人瞧出端倪来。

白天，她时不时地就会停下手中的活，从上往下地打量着肚子，看看它有没有把围裙拱起来。

几个月过去了。她几乎不再说话，别人问她什么的时候，她也是满脸错愕，目光迟钝，双手颤抖，什么都不明白的样子。这让他的雇主都疑惑道：

"可怜的姑娘，你这段时间怎么总是笨手笨脚的呀！"

在教堂里时，她总是躲在柱子后面，不敢去告解忏悔，也害怕遇见本堂神父，因为她觉得对方有读取人们秘密的超能力。

吃饭的时候，工友们的目光会让她紧张得昏过去，而她总是觉得那个早熟又狡诈的小牛倌已经识破了她的秘密，因为他总是满眼精光地打量着她。

一天早上，邮递员交给她一封信。她以前从没有收到过信，因此非常忐忑，不得不坐下来。或许，这是他寄来的？可是她不识字，所以面对这张涂满墨迹的纸，只能继续焦虑着，不安着。她把信揣在口袋里，不敢将她的秘密袒露给别人；她经常停下活计，盯着那几行行距相等、由一个签名结束的字，隐约地遐想着她可以突然读懂信上的字句。最终，她快被焦急担忧的情绪逼疯了，决定去找学校校长帮忙。他让她坐下，并念起了信：

亲爱的女儿，来信是想告诉你，我快不行了；此信由我们的邻居，当蒂老爷代笔，希望你尽可能回家一趟。

你亲爱的母亲

代笔人：塞泽尔·当蒂

她一言不发地离开了，可等到周围无人之时，她就立刻两腿一软，倒在路边，一直待到了天黑。

回去后，她把家中的不幸告诉了农场主，农场主允许她回家，并让她想在家里留多久就留多久，他会让一个做短工的女孩先替下她的活，等她回到农场后，再让她继续工作。

她的母亲已经奄奄一息，就在她到家的那一天去世了；第二天，怀胎七月的罗丝便把孩子生了下来，小小的婴孩模样可怕，瘦骨嶙峋，叫人看了不寒而栗，那双干瘪的、像一对蟹钳的小手痛苦地蜷缩着，仿佛他在不断地忍受着折磨。

但他还是活了下来。

她告诉别人自己已经结婚了，但是没法照顾孩子，便把孩子留在了邻居家，对方答应会照看好他的。

接着，她便回到了农场。

可是，从那时起，在她长期以来备受煎熬的心里，升起了一种她从未体尝过的爱，那是她对留在家乡的孩子的爱，就如曙光一般；而这份爱又成为一种新的苦难，因为母子分离，她每时每刻都在忍受着煎熬。

而更让她难以承受的，是她近乎疯狂地想要亲亲他，把他紧紧地搂在怀里，贴着他的肌肤感受来自那小小身体的温度。她开始在夜里失眠，整日都想着他；到了晚上，干完活后，她就坐在壁炉边，像一个在挂念远方亲人的人一样，呆呆地盯着炉火。

大家甚至开始对她的事情说长道短起来，开着玩笑说她一定是恋爱了，还问她情人长得好不好看，个子高不高，是不是很有钱，什么时候办婚礼，什么时候为孩子洗礼。这时，她便总是跑开，独自一人哭泣，因为这些问题句句锥心，声声刺骨。

为了摆脱这些烦扰，她开始拼命地干活，她无时无刻不在想念着自己的孩子，于是竭尽全力地为他多攒些积蓄。

她下定决心要卖力做活，这样雇主就会多付一些工资。

于是，渐渐地，她把周围的活都揽到了自己身上，结果一个显得多余的女雇工就被辞退了，因为她干起活来，一个顶俩；她还会努力控制面包、菜油、蜡烛的用度，即便是别人一般都会挥霍地撒在地上给鸡吃的谷粒、免不了会浪费一点的牲口草料，她都会尽量节省。她对待雇主的钱可以说是每一分都精打细算，仿佛那都是她的财产。因为她十分擅长做赚钱的买卖，总能把农场的产品高价卖出，还能识破农夫们卖他们的货物时耍的花招，所以买进卖出、雇工的管理以及各种储备用品的账目，都由她一人负责；就这样，没过多久，她就成了农场不可或缺的人。她将手边的一切事务都料理得非常妥帖，农场在她的管理之下，引人瞩目地兴旺起来。方圆两法里以内的人都在谈论"瓦兰老板的女雇工"，而农场主也不停地到处宣扬着："这姑娘，可是千金也难换哟。"

然而，时间一天天地过去，她的薪资却没有改变。在别人眼里，她如此卖命工作不过是一种忠诚的标志，这是任何一个忠于职守的女雇工都应该要做到的事情；而她也不由得心寒起来，尤其是想到即便农场主多亏了她才能每月多挣五十到一百埃居[1]，她却仍旧每年只能拿到两百四十法郎的工钱，一分不多，一分不少。

她决定要求农场主给自己涨工资。她去找过他三次，可每当站在他面前时，她口中说的又都是别的事情。对于她而言，谈钱是一种伤体面的事，会让她倍感羞耻。终于，有一天，趁农场主一个人在厨房里吃午饭的时候，她神色尴尬地告诉他，想要和他好好谈一谈。他诧异地抬起了头，双手还搁在桌子上，一只手握着刀，刀尖朝上，另一只手捏着一小块面包，双眼却直勾勾地盯着他的女雇工。他的注视让她局促不已，最后也只是说她有些不舒服，想要请假一周，回家一趟。

---

[1] 埃居：法国古钱币，一埃居等于三法郎。

他马上准了假，接着，也有些局促地说：

"等你回来，我也要和你好好谈一谈。"

03

孩子快八个月大了，她都快认不出他来了。他现在脸色粉嫩嫩的，面颊胖乎乎的，全身圆滚滚的，就好似一小包活生生的凝脂。他肉鼓鼓的小手指都没办法并拢，轻轻地弹动着，让人一看就能感受到他的惬意和满足。她激动得像一头野兽，扑食一般地扑向了孩子，她使劲地亲吻他，把他吓得号啕大哭。于是她也开始哭了起来，因为孩子不认识她了，反而一看见奶妈，就立刻向奶妈伸出了双手。

不过，第二天起，他就熟悉了她的面容，还会看着她笑。她常带着他来到田野，抱着他疯跑，然后坐在树荫里；这是她生平第一次向别人敞开心扉，尽管孩子听不懂她说的话，她还是跟他诉说着她的悲伤、她工作上的事、她的忧愁、她的愿景；她那停不下来的、近乎粗暴猛烈的爱抚，都让孩子有些厌烦了。

她用手揉捏着孩子，给他洗澡，为他穿衣，从中感受到无尽的欢欣，哪怕是为孩子清理屎尿，她都觉得无比幸福，就好像她对他无微不至的照料，便是对自己母亲身份的确认。她总是端详着他，并惊讶这竟然是自己的孩子，她也常常一边让他在自己的怀里扭动，一边不停呢喃着："这是我的小宝贝，是我的小宝贝。"

到了回农场的时候，她一整路都在啜泣，而她刚到，农场主就把她叫进了他的房间。她满腹狐疑地走了进去，而且不知为何还有些激动。

"你就坐那儿吧。"他说。

她坐了下来，但在很长一段时间里，他们两个人就那样尴尬地并排坐着，胳膊无力而僵硬，就像村里的人那样，谁也不看谁。

农场主是一个四十五岁的大胖子，丧过两次偶，乐天又有些固执，他非常明显地表现出了不曾有过的拘谨。终于，他下定了决心，眼睛望着远方的田野，用一种含糊不清的语气，吞吞吐吐地开了口。

"罗丝，"他说，"难道你就没有想过安定下来，成个家吗？"

她的脸瞬间失了血色，像死人一样苍白。见她没有回应，他又继续说：

"你是个好姑娘，规矩、肯干又勤俭。像你这样的女人，是可以帮助男人发家致富的。"

她依旧一动不动，眼神慌乱，甚至都没想去弄懂他这话到底是什么意思，因为她的脑子里已经乱成一团，就如大祸临头一般。他等了一会儿，又说道：

"你瞧,一个农场就算有了你这样的女工,可若是少了女主人,终究是成不了气候的。"

说完他就沉默不语了,因为他再也不知该说些什么了。罗丝满脸惊恐地看着他,就像一个自以为正面对一个杀人犯的人,只要对方稍有动作,就要立刻逃命似的。

又过了五分钟,他问:

"好啦!你觉得这样可以吗?"

她略显痴傻地回应:

"什么,老板?"

于是他又生硬地开口:

"当然是在问你要不要嫁给我啊!"

她立马站了起来,随即又瘫倒在椅子上,像遭遇晴天霹雳一般,一动也不动。农场主最终失去了耐心,说:

"那我们就好好说说,你到底还想要什么?"

她惊惧地看着他,接着,眼泪突然夺眶而出,她结结巴巴地连着说了两遍:"我不能,我不能!"

"为什么不能?"男人问道,"好了,别犯傻了,你再好好想想,明天给我答复。"

说完他就赶紧离开了。完成了这个让他倍感局促的任务,他松了一大口气,他毫不怀疑,第二天,那女工就会接受他的求婚;这次求婚,于她而言,完全是意料之外的,但对于他来说,就成了一桩极好的交易，因为他能从此牢牢拴住一个女人，让她为自己带来比村里最丰厚的嫁妆还要多的利益。

况且，他们之间也不存在什么门当户对的严格要求，因为在乡下，几乎人人都是平等的：农场主人要和他们的雇工一样辛勤劳作，而雇工有朝一日也可能会成为农场主；女工还可能变成女主人，且她们都不需要改变自己的生活习惯。

那一夜，罗丝都没有躺下睡觉。她一屁股坐在床上，因为自己早已精疲力竭，所以连流泪的力气都没有了。她呆若木鸡地坐着，甚至都感受不到自己的身体，脑子里也是一团糟，就像有人拿着扯松羊毛床垫的工具，把她的脑子给扯了个稀巴烂似的。

有时，她都好不容易把注意力给集中起来了，但一想到可能会发生的事，还是会不寒而栗。

她的恐惧愈演愈烈，每当厨房里的座钟发出悠长的声响，打破了屋里沉闷的寂静时，她都会被惊出一身冷汗。她已心神恍惚，可怕的幻象接踵而至；她点的蜡烛熄灭了，心中的妄想却燃起了，那是乡野之人自以为被魔法击中时会产生的精神错乱，在面临不幸时，就像遭遇暴风雨的小船一样，发了疯地想要远走高飞、溜之大吉。

一只猫头鹰发出了一阵刺耳的叫声，她打了个哆嗦，直起身来，双手搓搓脸颊，揉揉头发，又摸过全身，就像着了魔似的；然后，她迈着梦游者的脚步下了楼。因为，快要沉落的月亮还在向田野投射着清亮的月光,所以当她走到院子里时,便开始猫腰前进,以防被还在外面闲逛的粗人看到。她没有打开栅栏门,而是攀上了斜坡,当她来到田野边的时候,就继续前进了。她迈着轻快而又匆忙的步伐,小跑着向前,时不时无意识地发出一声尖锐的叫喊。她的影子拉得老长,躺在她身边的地面上,和她一同前进,偶尔还会有一只夜飞的鸟在她头顶盘旋。各个农场院子里的狗听到她路过,就开始汪汪地叫,有一条甚至跳过了沟渠,追过来想要咬她,她便转过身去,朝它大喝一声,吓得它仓皇逃跑,缩到狗窝里,一声都不敢叫了。

有时,会有一窝小野兔在田地里嬉闹,然而,当这个奔跑着的疯女人像发狂的狄安娜[1]冲过时,这些受了惊吓的动物就会四处逃窜,兔宝宝和兔妈妈躲进了犁沟,不见了踪影,兔爸爸则猛地跳出——当月亮下沉,坠落到世界的尽头,犹如一盏安置于地平线的巨大灯笼,用斜射而出的光线照亮整片平原的时候,竖着耳朵的兔爸爸还会偶尔在月亮前闪出几道跃动的剪影。

星星隐没在苍穹的深处,几只鸟啾啾地叫着,天开始亮了。姑娘已经疲惫不堪、气喘吁吁了,当阳光划破了红紫色的朝霞

---

[1] 狄安娜:罗马神话中的月亮与山林女神,罗马十二主神之一,在罗马后期艺术的描述里,狄安娜热爱户外生活,在林莽和山野间,手持弓箭,由众犬伴随,与众女仙侍从一起以狩猎为戏;狄安娜还是一位严厉的处女神,反对男女婚姻。

时,她停下了脚步。

她肿胀的双脚再也挪不动步了,这时她看见了一片很大的池塘,池水纹丝不动,在早晨红色霞光的映照下,好似一摊鲜血,她迈着蹒跚的小碎步,手捂着胸口,想将双腿浸没在水里。

她坐在草丛上,脱下那双满是尘土的大鞋子,又褪去了袜子,把已经发青的小腿浸没在静止不动,只是时不时冒起一些小气泡的池水里。

一股清凉舒爽的感觉从她的脚跟直蹿上前颈,正当她凝望着深沉的池水时,突然头晕目眩起来,心中升腾起一股将自己完全投入水中的欲望。只要沉到了水底,一切苦难便都结束了。她顾不得自己的孩子了,只想要归于平静,彻底地放松,永无止境地睡去。于是她站了起来,抬着手臂,又向前迈了两步。此刻,池水已经没到了她的大腿,她已经开始往前冲了,可脚踝上尖锐的刺痛又让她往后跃去,她痛苦绝望地叫喊起来,原来,从她的膝盖到脚跟上,满是黑黑长长的蚂蟥,它们贴在她的皮肤上,因吸足了她的血而变得鼓鼓囊囊。她不敢碰它们,便只能凄惨地叫唤着。那声声叫喊吸引来了一个从远处开车而来的农夫,他一只只地清除掉了蚂蟥,在她的伤口上敷了些草药,又把姑娘扶上了他的车,把她送去了她雇主的农场。

她在床上躺了半个月,而后,就在她起身下床的那个早上,雇主突然站定在她面前。

"呃，"他说，"这事算是说定了，是吧？"

起初，她没有做出任何回应，而他就那么站着，固执地盯着她，她便痛苦地开口道：

"不，老板，我不能答应您。"

他的怒火一下子蹿上了脑门。

"不能答应，姑娘，好一个不能答应，那你为什么不能答应？"

她便哭着一遍一遍地说：

"我不能啊。"

他打量着她，冲着她叫嚷道：

"是因为你已经有情夫了吧？"

她羞愧地颤抖起来，结结巴巴地说：

"也许是因为这个吧。"

男人的脸涨得通红，就像一大朵丽春花，气得连话都说不清了。

"啊！看样子你是承认了，好你个贱丫头！那么，那小子又是个什么东西？叫花子还是流浪汉？穷光蛋还是饿死鬼？快说，他是什么人？"

见她还是沉默不语，他便继续说：

"啊！你不想说吗？那我来帮你说，是让·博迪吗？"

她叫喊道：

"啊！不，不是他。"

"那么,就是皮埃尔·马丁咯?"

"噢,也不是他,老板。"

他一股脑儿地把村上的男孩挨个儿举了一遍,而她则一边沮丧地一一否认,一边时不时用蓝色罩衫的一角揩拭着眼睛。而他始终在剜着她的心,蛮横粗暴地追究着她的秘密,就像一只因为嗅到了猎物的气息就认准一处洞穴刨个不停的猎狗。忽然,男人喊了起来:

"啊!天哪,是雅克,去年的那个雇工;别人都说了,他总是找你说话,还说你们都准备结婚了。"

罗丝差点喘不过气来,血气上涌,脸涨得通红,连眼泪都突然枯竭了,泪珠就像水滴落在烧红的铁块上,在她的脸颊上一下子就干掉了。她喊着:

"不,不是他,不是他!"

"你敢确定吗?"那狡猾的农夫仿佛嗅到了一点真相,追问道。

她急忙回答:

"我向您发誓,我发誓……"

她寻来各种词眼来赌誓,但又不敢触及象征神圣的东西。他打断了她:

"他总是跟着你去到那些犄角旮旯里,每次吃饭的时候,都巴不得用眼神把你给生吞了。你是不是已经对他以身相许了?嗯?说呀。"

这一次，她终于正视了雇主的脸。

"不，从来没有，从来没有，我可以对着仁慈的主向您发誓。今天，就算他来到我跟前求我，我也不会跟他走的。"

她的神情是如此真挚，农场主都有些犹疑了。他像是自言自语般说道：

"那么，这是怎么一回事呢？你也没遭什么难啊，不然大家都会知道的。既然没什么大不了的事，姑娘家家的，也就没有理由拒绝老板的求婚啊。这里面肯定还藏着什么事。"

她焦虑得喘不过气来，再也给不出任何回应了。

于是他又问她："你真的不愿意吗？"

她叹了口气，说："我不能啊，老板。"闻言，他扭头就走。

她以为自己已经摆脱了窘境，因此后半天过得还算太平，只是仍觉得身心俱疲，倦怠万分，仿佛成了那匹一早就被套在打谷机上转个不停的老白马。

一到可以就寝的时候，她就躺下了，而且瞬间进入了梦乡。

快到午夜的时候，一双手摸上了她的床，把她惊醒了。她害怕得跳了起来，但很快通过嗓音认出那就是她的雇主，他说："别怕，罗丝，是我，我就是来和你说说话的。"她先是大吃一惊，因为他想要钻到她被窝里去，她明白他想要做什么，便不由自主地剧烈颤抖起来；她难抵睡意，全身赤裸地躺在床上，身边还有一个一心想要占有她的男人，如此身处黑暗之中，让她觉得孤立无援。当然，她没有接受，可她的反抗也十分软绵无力，因为那份在天真单纯之人身上更显强烈的本能在和她作对，而柔弱迟钝之人特有的优柔寡断又不能好好地保护她。她时而把脸转向墙壁，时而又转向外边，躲避着农场主热切地找寻着她双唇的嘴巴。她挣扎得筋疲力尽，只能在被子下稍稍扭动几下身体，而他呢，在性欲的驱使下，变得有些粗暴，猛地掀开了被子。这时，她明白，自己已无从抵抗了。她羞耻得像一只鸵鸟那样用手蒙住了脸，不再反抗。

这一整晚，农场主就睡在她身边。后一晚，他又来了，之后的夜晚，也是如此。

他们就这样同居了。

一天早上，他对她说："我已经请人张贴了咱俩的结婚预告，我们下个月就结婚。"

她什么都没有回答。她还能说什么呢？她也没有反抗，她又能做什么呢？

04

于是她嫁给了他。她觉得自己犹如陷入了触不到边缘的大坑里，永远也逃不出了，各种各样的不幸像巨石一样悬在头顶，随时都有可能会砸下来。她的丈夫总给她一种错觉：仿佛自己偷了他什么东西,而他总有一天也会发现这一点。她还会想到她那个孩子,那是她这世上一切不幸的源头,但也是她所有幸福的源泉。

每年,她会去看望他两次,但每次回来都会更难过。

然而,在她渐渐习惯了以后,她的担忧有所减缓,心境也平和下来,她对生活有了更多的信心,只不过脑海中还是隐隐约约浮动着一丝惧怕。

几年过去了,孩子已经六岁大了。她现在过得也还算幸福美满,然而农场主却突然阴郁了起来。

两三年来,他好像一直揣着件心事,愁眉不展的,心病也一天重似一天。他总是吃过晚饭后还在餐桌边呆坐很久,脑袋埋在手里,愁容满面,仿佛饱受悲伤情绪的折磨。他的言辞也比以前刻薄了,有时甚至还很粗暴;他似乎还对妻子藏着一种隐秘的看法,在暗暗地针对着她,因为他和她说着话的时候,会突然加重语气,甚至还透着些怒气。

一天,一个女邻居的儿子来寻些鸡蛋,而她被各种活计压得喘不过气来,便对男孩骂了几句,她丈夫却突然冲了过来,恶狠狠地对她说:

"他如果是你的孩子,你才不会这么对他!"

她愣了好一会儿,不知该如何作答,后来她回到屋里,以往的种种忧虑又被唤醒了。

吃完饭时,农场主既不和她说话,也不正眼看她,好像很厌恶她,看不起她,而且还知道了些什么似的。

六神无主的她在晚饭后也不敢留下来单独和他在一块儿,她溜了出去,径直跑去了教堂。

夜幕降临,教堂狭小的中殿里非常昏暗,但是寂静之中响起了去往圣坛的脚步声,那是圣器管理员准备去点燃神龛处的夜灯。那一点灯光摇曳着,几乎要被穹顶下的黑暗吞没了,可是在罗丝的眼里,那仿佛是最后一丝希望,她注视着灯光,突然跪了下来。

随着一阵链条的响声,那一盏小灯又升到了空中。紧接着,石板地面上又响起了木屐匀速的踢踏声,随后是绳子拖地的摩擦声,小钟敲响了夜晚的"三钟经"[1]提示音,那钟声穿透了逐渐浓厚起来的雾气。正当那人要出去的时候,她追上了他。

"本堂神父在家吗?"她问。

他说:

"应该吧,他总是在晚祷的时候吃晚饭。"

于是她瑟瑟缩缩地推开了神父家的栅栏门。

神父正在吃饭。他立即请她坐下。

---

[1] 三钟经:为记述圣母领报及基督降生的天主教祷文,因诵念时间为早上六点、中午十二点和下午六点,并会鸣钟提醒信友,所以被称为"三钟经"。

"嗯，是的，我都知道了，您丈夫已经和我谈过那件将您指引到这来的事了。"

可怜的女人就要昏过去了。神父却又接着说：

"孩子，您又想要什么呢？"

他一勺一勺地快速喝着汤，汤水却一滴一滴地落在盖着他那圆滚滚的腹部的脏旧道袍上。

罗丝不敢再说一个字，无论是乞求还是哀求，她都无法宣之于口。她起身时，神父对她说：

"勇敢点……"

于是，她就离开了。

她回到农场，不知道自己做了什么。农场主在等她，她不在的时候，伙计们都已经走了。当下，她就重重地跪倒在他面前，呻吟不止，泪如雨下。

"你对我有什么不满吗？"

他开始大声咒骂道：

"因为我没有孩子，该死的！一个人娶老婆，可不是为了两个人孤孤单单过到死的。这就是我不满的地方。下不了牛崽子的母牛一文不值。生不了孩子的女人，也同样不值一钱。"

她哭得泣不成声，只能重复道：

"这不是我的错呀！不是我的错呀！"

闻言，他的态度稍微缓和了一点，便说道：

"我也没说这是你的错,但这终归是叫人不痛快的。"

05

从这一天起,她就只剩下一个念头:生一个孩子,再生一个孩子;她还向所有人都吐露了这个愿望。

一个女邻居教给她一个法子:每天晚上给她丈夫喝一杯加炉灰的水。农场主很配合,可是这个法子也没有奏效。

他们寻思着:"应该有什么秘方吧?"于是他们就四处打听。有人告诉他们十法里外住着一位牧羊人,于是有一天,瓦兰农场主就驾着他那辆双轮马车去找那人讨问秘方。牧羊人交给他一块面包,面包外面画着些记号,里头还揉进了些草药。夫妻俩得在晚上亲热前后都吃一小块面包。

可是面包都吃光了,也没什么好消息。

一位小学教师也向他们透露了些秘密,告诉他们一些乡下人不知道的做爱技巧,据他所说,这些技巧准保管用。可他们还是失败了。

神父则建议他们去费康[1]朝拜"宝血"[2]。罗丝随着人群一

---

[1] 费康:位于法国诺曼底区塞纳滨海省的城镇。
[2] 宝血:耶稣的血的别称。

起拜倒在修道院里，将自己的心愿混在那群农夫齐声发出的粗俗愿望中，恳请所有人都在乞求的"那位"能保佑她再次怀孕。但这一切依旧徒劳无功。因此她认为这一切都是对她上一次罪孽的惩罚，不由悲戚万分。

她因愁苦日渐消瘦，丈夫也日渐衰老，就如别人所说的，他"费尽心血"，为那无望的心愿耗干了自己。终于，战争在两人之间爆发了。他咒骂她，殴打她。每天早上和她争论不休，到了晚上，就在床上愤恨地气喘吁吁，秽语连篇，对着她劈头盖脸地就是一顿辱骂。

一天晚上，他怎么也想不出新法子来折磨她了，就逼她从床上起来，到门口淋雨到天亮。她不从，他就掐着她的脖子，挥着拳头揍她的脸。她既不吭声，也不动弹。激怒之下，他甚至跳起来用膝盖撞她的肚子，咬牙切齿、怒不可遏地对她痛下狠手。突然，她在绝望中爆发了反抗，奋力一推，把他撞到墙上，她直起身子，坐在床上，然后用变了调的、嘶哑的声音说：

"我生过一个孩子，我生过！是和雅克生的，就是你认识的那个雅克。他本该要娶我的，可是他跑了。"

男人大吃一惊，愣在原地，和她一样激动。他着急地问道：

"你说什么？你说什么？"

而她呜咽起来，眼泪流个不停，磕磕巴巴地回答道：

"当初就是因为这个，我才不愿意嫁给你的，就是因为这个呀。我那时候不能跟你说啊，不然你会让我丢了饭碗，我和孩子就都没饭吃了。你，你没有孩子，你不懂，你什么都不懂！"

他愈发惊讶了，只是机械地重复着：

"你有一个孩子？你有一个孩子？"

她抽泣地说道：

"是你强迫我的，你自己也应该清楚吧？我，我根本不想嫁给你啊。"

他站了起来，点燃了蜡烛，背着手在房间里来回踱步。而她还在哭着，瘫倒在床上。突然，他在她面前停了下来，说："那么说，是我没能让你生孩子，这是我的错？"她没有回答。他又开始踱步，然后又停住，问她，"你的孩子几岁了？"

她轻声说：

"他快满六岁了。"

他又问：

"你为什么不告诉我呢？"

她哀叹道：

"我怎么能说呢！"

他便一动不动地站在那里。

"走吧，你快起来。"他说。她费劲地站了起来，等她勉强靠着墙站稳了以后，他忽然像在那些快活日子里那般大声地笑了起来，而她依旧战战兢兢的，他便又说道："好了，既然我俩生不出孩子,那就去把孩子接过来吧。"

她害怕到了极点,若不是实在没有力气,一定撒腿就跑了。然而农场主搓着手,喃喃道:

"我本就想领养一个孩子,现下可找着啦,找着啦。我已经请本堂神父帮我找一个孤儿了。"

说完,他还是笑得合不拢嘴,他亲了亲仍然泪眼婆娑、呆若木鸡的妻子的脸颊,就怕她听不见似的高声喊:

"喂,孩子他娘,去看看还有没有汤,我能喝它一大锅。"

她穿上裙子,两人一起下了楼。当她跪着在锅子下面重新烧火的时候,他继续乐呵呵地在厨房里迈着大步子走来走去,不厌其烦地说着:

"啊,真的,这让我太高兴了。我不是说说而已,我是真的高兴,真的真的太高兴了。"

一个女雇工的故事 / 169

遗 憾

难道幸福真的与他擦过肩,可他却没有将其抓住?

致莱昂·迪尔克斯 [1]

萨瓦尔先生——就是在芒特[2]，大家都称作"萨瓦尔老爹"的那位——刚刚起床了。天下着雨。悲戚戚的秋日里，树叶也纷纷落下。落叶在雨中缓慢地飘零，仿佛成了另一道厚重的、迟缓的雨幕。萨瓦尔先生并不开心。他从壁炉旁踱步到窗边，又从窗边回到了壁炉旁。生活中免不了阴郁的日子。可对于他而言，寥寥余生中将只剩阴郁的时光，因为他已经六十二岁了！他至今未娶，孑然一身。若是就这样孤独终老，了无慰藉，那该有多悲惨啊！

他反思着自己那毫无价值、空虚无比的一生。他想起了遥远的过去，想到他的童年，以及双亲健在时一家人住的房子；想到

---

[1] 莱昂·迪尔克斯（Léon Dierx，1838—1912）：法国诗人、画家。
[2] 芒特：全称芒特拉若利（Mantes-la-Jolie），法国城市，位于塞纳河左岸，巴黎市西北郊。

他的中学时代,每一次的郊游,以及在巴黎学习法律的时光;最后,又想到了父亲生病、去世的往事。

他回来后就和母亲住在一起。年迈的母亲和年轻的儿子就这样一起过着平和安详的生活,两人从不奢求别的什么。后来,他的母亲也去世了。生活,就是这样让人心痛!

此后,他就一直孤单一人地生活着。现在,又轮到他行将就木了。他的生命终将消逝,然后,一切就都结束了。这个世界上,再也没有什么保罗·萨瓦尔先生了。多么可怕啊!而其他人却还能好好地活着,相爱着,尽情享乐着。对,别人还能尽情享受生活,而他却将不复存在!当一个人确信自己会死,却仍然能欢笑娱乐,快乐地生活,这不是很奇怪吗?若死亡仅仅是一件可能发生的事情,那么活着起码还有点盼头;可是,不,死亡是无可避免的,就像白日过去,黑夜终将来临一样!

要是他生活得很充实呢?要是他做过什么事,有过什么奇遇,痛快地享乐过、成功过,或是遇到过任何乐事呢?可是没有,什么都没有。他终生无所事事,每日不过是起床,准点吃饭,按时就寝而已。他就这样活到了六十二岁。他也没有像别的男人一样结过婚。这是为什么呢?对啊,他为什么不结婚呢?他本来可以成家的,毕竟他也有点家底。是他错失了良机吗?也许吧!可机会本来就是自己创造的!那么,就一定是因为他对什么事都太漫不经心了。漫不经心是他这一生最大的毛病、缺点和陋习！多少人就是因为自己的漫不经心才虚度了人生啊！对于某些性格的人来说，反抗、兴奋、做出尝试、与人交谈、探讨问题，都是那么困难的事情。

他也不曾被爱过。从没有女人纵情躺在他的怀里，他也从未在等待爱人时体验焦灼的甜蜜，在十指紧扣时感受神圣的颤抖，在激情得到满足时心醉神迷。

当两人第一次接吻时，当他们痴迷于彼此，紧紧相拥，融为无上幸福的一体时，无与伦比的快乐会淹没他们的心。

萨瓦尔先生穿着睡袍坐在壁炉旁，在火边烤着双脚。

不用说，他虚度了这一生，彻彻底底地虚度了。然而，他，他也是爱过的。他爱得悄无声息，爱得沉痛忧伤，但也爱得漫不经心，就像他在做其他的事情时一样。是的，他爱过他的一个老朋友，桑德尔夫人，也就是他的老同学桑德尔的妻子。啊！如果他在她出嫁前就认识了她，那该有多好！可是他们相遇得太晚了，初次相遇时，她已嫁作人妇。不然，他肯定会向她求婚的！因为从见到她的第一面起，他就一直爱着她！

他回想起每次见到她时内心的澎湃，与她告别时心底的惆怅，以及那些因为想她而辗转难眠的夜晚。

可是每当早上醒来时，他仿佛又没有前一晚那么爱她了。这是为什么呢？

从前，她是那么漂亮！她很苗条，一头金色的卷发，总是笑容满面的！桑德尔根本就配不上她！现在，她已经五十八岁了。她好像过得很幸福。啊！要是她以前也爱过他呢，要是她真的爱过他呢？她为什么就不能爱他——萨瓦尔呢？毕竟他是那么地爱她，爱这位桑德尔夫人啊！

她会不会也猜到些什么呢？难道她什么都没有察觉到？难道她就看不出什么端倪，猜不到其中缘由吗？她会怎么想呢？如果他对她坦诚相告，她又会有什么反应呢？

萨瓦尔对自己提了无数个问题。他重温了过去的生活，希望能捕获到所有的细节。

他记起了每一个在桑德尔家尽兴玩牌的夜晚，那时，他的妻子还很年轻很妩媚。

他记起了她对他说过的话以及那时她说话的语调，还有她那些意味深长的、无声的笑容。

他还记起了他们三个一起沿着塞纳河散步的经历以及星期天在草地上的野餐。为什么是星期天？因为桑德尔是专区政府的职员。忽然，他想起某个下午，他和她在河边小树林里度过的时光。

那天早晨，他们带上了食盒出门郊游。当时，春光明媚，让人陶醉。一切都那么宜人，散发着幸福的味道。鸟儿们的翅膀格外灵动，鸟啼也格外悦耳。三人在柳树下的草坪上野餐，阳光就洒在身边的河面上。微风吹拂，空中飘浮着草木的芬芳，大家都尽情地吮吸着甜美的空气！那是多么美好的一天啊！

午餐过后，桑德尔仰面睡着了，醒来后，他还说那是他"这辈子最香的一觉"。

桑德尔夫人挽着萨瓦尔的手臂，两人一起沿河散步去了。

她依偎在他身上，笑着说："我好像醉了，朋友，彻彻底底地陶醉了。"他看着她，全身心地激荡着，只觉得自己脸色苍白，生怕眼神太过放肆、双手抖得太厉害而暴露了心事。

她用长茎草和睡莲给自己编了个花环，问他："我这样好看吗？您喜欢吗？"

他没有回答——因为他瞬间词穷了，甚至觉得还不如直接跪倒在地——而她笑了起来，笑中还带着些不快，她冲他喊："好嘛，大笨蛋！倒是说句话呀！"

可他仍然找不到合适的字眼，还差一点哭出声来。

此刻，这一切就和第一次见到她的那段回忆一样，无比清晰地浮现在他的脑海里。为什么她要对他说："好嘛，大笨蛋！倒是说句话呀！"

他又想起她那么温柔地依在他的身上。当他们经过一棵倾斜的大树时，他感到她的耳朵贴上了他的脸颊。他猛地撤开一步，以免她以为是他有意与她发生这种肢体接触。

当他说"我们是不是该往回走了"的时候，她神色古怪地瞪了他一眼。确实，她看他的眼神非常奇怪，可他当时没有多想，直到现在才回过神来。

"随您的便吧，朋友。要是您觉得累了，那我们就回去。"

他回答："倒不是我觉得累了，我只是想，桑德尔可能已经醒了。"

"要是您担心的只是我丈夫醒没醒，那就是另一码事了。"她耸了耸肩，说，"行了，回去吧！"

回去的路上，她一言不发，也不再挽着他的手臂依偎着他了。这是为什么呢？

过去，他从未思考过这个"为什么"。可如今，他仿佛觉察到了一些以前还没有明白的事情。

难道是？……

萨瓦尔先生顿时脸颊发烫，情绪激动地站了起来，就像三十年前，他听到桑德尔夫人对他说"我爱您"时一样。

这可能吗？瞬间闯入脑中的猜测让他痛苦不已！有没有可能是他也没有发现，没有想到呢？

噢！难道这是真的？难道幸福真的与他擦过肩，可他却没有将其抓住？

他对自己说："我一定要弄清楚，我不能活在疑惑里。我一定要弄清真相！"

他匆匆忙忙地穿好衣服，将自己收拾了一番。他想："我已经六十二岁了，她也五十八岁了；我们完全可以把这事摊开来谈。"

他出发了。

桑德尔一家就住在街对面，几乎算是他的对门邻居。他朝他们家走去。年轻的女仆应声开了门。

她见他这么早就登门拜访，觉得非常意外，问道：

"萨瓦尔先生这么早就来了呀。是不是出了什么事？"

萨瓦尔回答道：

"没事，姑娘，但请转告你家女主人，就说我现在有事要和她谈。"

"夫人正在做冬天要用的梨酱；她待在厨房的火炉边，穿戴得不是很整齐，我这么说，能让您明白吗？"

"我明白，但请告诉她，我真的有很重要的事。"

女仆离开后，萨瓦尔先生在客厅里紧张地踱着步。但他并没有一丝一毫的窘迫感。噢！他来问她这件事，就和问一道菜的烹调方法一样稀松平常，因为他已经六十二岁了！

门打开了，她出现了。现在，她成了一个圆滚滚、胖嘟嘟的妇人，脸颊鼓鼓的，笑声也很洪亮。她走路时大摆着手臂，衣袖高高地卷起，露出了沾着果汁的胳膊。她关切地问道：

"出什么事了吗，朋友？您是不是生病啦？"

他回答：

"没有，我亲爱的朋友，但是我想问您一件事情，这对于我来说非常重要，不问清楚我就不能安心。您能如实回答我吗？"

她笑了笑。

"我什么时候骗过您。说吧。"

"是这样的。我见到您的第一眼就爱上了您。您过去可曾感受到过这份心意?"

她还是笑着,仿佛在用过去的语调说:

"好嘛,大笨蛋!从第一天起,我就看出来了!"

萨瓦尔颤抖了起来,嘟囔道:

"您都知道!……那么……"

他又止住了话头。

她问道:

"那么?……什么?"

他接着说:

"那么……您是怎么想的呢?……您……您……您会怎么回应我?"

她笑得更厉害了。果汁顺着她的指尖滴落在地板上。

"我吗?……可您也没有对我提出过什么呀。总不能让我主动跟您表白吧!"

他又向她靠近了一步:

"请告诉我……告诉我……您还记得那天午餐后,桑德尔在草地上睡着了……而我们两人一直走到了树林的拐角处……"

他等待着她的回答。而她也不笑了,与他对视着。

"当然,我记得。"

他又颤抖地问:

"那么……那一天……如果……如果我……再大胆一点……您会怎么做?"

她像一个从不知后悔为何物的幸福女人,露出了微笑,并直率地做出了回答,那清亮的嗓音中似乎还带着一丝嘲讽:

"我会顺从您的要求的,朋友。"

说完,她就转身离开,回去做果酱了。

萨瓦尔回到大街上,恍恍惚惚的样子仿佛刚刚历经了一场劫难。他淋着雨,大步向前走着,心里没有想着要去哪里,双脚却带着他走向了河边。当他来到河岸的时候,他向右一拐,沿着河道继续走着。他好像由本能驱使着,走了好久好久。他的衣服淌着水,变了形的帽子软塌塌的就像一张破布,帽檐就似屋顶一样滴着水。他不停地往前走着,往前走着。终于,他走到了多年以前三人午餐的地方,那一段回忆深深地折磨着他的心。

这时,他跌坐在光秃秃的树下,流下了泪水。

永别

我变了许多,是不是?可那又能怎样呢?一切都过去了。

两位友人刚刚用完晚餐，透过咖啡馆的窗户，看着街道上熙熙攘攘的人群。他们感受着流淌在巴黎宁静夏夜里的阵阵暖风。那风让行人抬起了头，让他们渴望离开，即便不知道要去往何方，也依旧想要远行，或去树下乘凉，还让人对月光点亮的河流、萤火虫还有夜莺，怀抱起向往之情。

其中一人叫亨利·西蒙，他深深地叹了一口气，说：

"啊！我老了。这太让人伤感了。过去，若是在这样的夜晚，我准是像着了魔一样。可如今，我只觉得遗憾万分。真真是光阴似箭啊！"

他年约四十五岁，身上微微发福，头顶倒是全秃了。

另一人叫皮埃尔·卡尼耶，年纪稍微大一些，更瘦，却更有活力。

"亲爱的朋友，我倒是人老却不自知。以前，我一直都保持着愉悦健康、精力充沛的状态，现在也是如此。我们若是每天都照镜子，就看不出岁月留下的痕迹，因为它带给人的变化是平和匀缓的，它只是悄悄地改变我们的容貌，让我们对此无知无觉。

正因如此,哪怕我们经历了两三年时间的摧残,也不会因此痛不欲生,因为我们根本察觉不到什么。真想要感受到什么变化,就得半年不照镜子——嗬!那到时候得有多震惊?

"还有女人,朋友,我真心同情她们,她们太惹人怜惜了。她们全部的幸福、全部的力量,乃至生命全部的意义都来自美丽,可这份美丽只能维持十年而已。

"而我,我从未察觉自己已经老去的事实,即便我快五十了,但仍觉得自己还是个少年。我也从未感受过任何的病痛,始终觉得幸福而祥和。

"但现实最终以简单却残酷的方式,让我直面了自己的衰老,我失落错愕了差不多有半年……然后,我接受了现实。

"我像所有男人一样,经常坠入爱河,但意义深刻的恋爱,我只谈过一次。

"大约在十二年前,差不多是战后,我在埃特勒塔[1]的海边遇到了她。每个洗海水浴的早晨,海边就成了世上最宜人的地方。海滩不大,呈马蹄形,周围矗立着高大的白色峭壁,崖壁上凹陷出许多被称为'门'的奇特岩洞,其中一面巨大的岩壁将它壮硕的小腿伸进大海,另外一面圆形的与它遥相呼应,蹲在海

---

[1] 埃特勒塔:法国西北部的海滨小镇,位于诺曼底地区,十九世纪成为著名的海水浴疗养地,莫泊桑在那里举办过不少聚会。

中;数不清的女人成群结队地聚集在狭窄的鹅卵石滩上,在高大的山岩前,她们鲜亮的服饰组成了一道亮丽的风景线,仿佛在海滩上建起了一座花园。阳光洒在海岸线上,洒在各色的遮阳伞上,洒在蓝绿色的海面上;一切都是那么美丽迷人,让人眉开眼笑。人们坐在海边,欣赏浴中的女人们。她们裹着法兰绒浴衣向大海走去,当踩到翻着泡沫的小浪花时,便优美地脱下浴衣;她们快速地迈着小碎步进入到海水中,但偶尔也会因为一个舒爽的寒噤或是短暂的憋气停下脚步。

"很少有女人能经得住海水浴的考验,因为那时,看客们还要对她们评头论足。尽管海水对于那些松弛的身体大有帮助,可一旦她们出了浴,身材上的不足就会暴露出来。

"初遇那位少妇时,我的魂就被她勾走了。她优美而坚强地经受住了考验。有时,某些迷人的姿态会突然戳中我们的心,刹那间就将我们牢牢攥住,就好像我们找到了生来便注定要爱上的女人。这便是当时我心中的感受与震动。

"我托人向她引荐了自己,然后马上陷入了从未体验过的境地,简直无法自拔。她蹂躏着我的心田。如此臣服于一位女子,是一件可怕的事情,却又让人甘之如饴。这近乎是一种折磨,但同时也是一种让人难以置信的幸福。她的眼神,她的微笑,她颈后被微风吹起的秀发,她脸部最细节的线条,她面上最细微的表情,都让我愉悦,让我神魂颠倒,甚至让我躁动不安。她仅仅凭着她自己,她的手势,她的姿态将我牢牢占据,甚至她穿戴的饰物都变得那样魅惑。看到她丢在家具上的面纱、扔在扶手椅上的手套,我就能激动不已。在我看来,没有人能效仿她的穿搭,就比如,别人都没有戴过她那种式样的帽子。

"她已经嫁作人妇,但她的丈夫每周六才回来,每周一就要离开。不过,我一点也不在乎那个男人。我对他没有丝毫嫉妒之心,我也不知道为什么,反正那时他是我最不在意的一个人,也是我最不想去关注的一个人。

"我真的很爱她!她是那样地美丽、典雅、年轻!她就是端庄、青春、纯洁的化身。在那之前,我从未觉得女人可以这么好看,这么精致,这么高贵,这么妩媚,这么迷人!我从不晓得原来脸颊的曲线、嘴唇的嚅动、耳朵的圆褶,哪怕是鼻子那种笨笨的五官的形状,都能蕴藏着那么诱人的美丽。

"这段交往持续了三个月,之后我就去了美洲,离开时的绝望让我心如死灰。但对她的思念,始终萦绕在我的心头。无论远在天边,还是近在咫尺,她都占据着我的身心。我从没有忘记过她。她动人的形象始终留在我的心里,还常常浮现在我眼前。我对她的感情矢志不渝,这种平和的柔情,到如今,都已化作对往昔岁月里最美好动人的爱的回忆。

"在人的一生之中,十二年的光阴实在算不了什么!我们甚至体会不到时间的流逝。一年接着一年,日子过得缓慢又迅速,柔和又紧张，每一年都看似漫长，却又转瞬即逝！年复一年，时光倏忽而过，了无痕迹，一切都消逝得那么彻底，让人即便回望走过的岁月，也什么都看不到，都不明白时光到底是怎么催人老的。

"我真的以为在埃特勒塔海滨度过的美好时光只过去了几个月呢。

"去年春天，我要到迈松-拉菲特[1]的朋友家用晚餐。

"火车启动时，一位胖妇人带着四个小女孩进了我所在的车厢，我只是匆匆地瞥了一眼这位膀大腰圆的母鸡妈妈。她那顶饰有飘带的帽子下面，是一张满月似的圆脸。

"她因为走得快而喘着粗气。孩子们已经开始叽叽喳喳地说个不停了。而我在一旁看起报纸来。

"我们刚过阿涅尔[2]的时候，邻座的这位夫人突然对我说：

"'对不起，先生，您是不是卡尼耶先生？'

"'是的，夫人。'

"这时，她笑了，那是一种欣慰的、善良的笑容，可又透露着一丝悲伤。

"'您不认得我了吗？'

---

[1] 迈松-拉菲特：位于法国伊夫林省的城镇。
[2] 阿涅尔：位于法国厄尔省的城镇。

"我迟疑着不敢回答。我确实觉得好像在哪里见过这张脸。然而,是在什么地方呢?又是什么时候呢?我回答说:

"'认得……又好像不……我肯定是认识您的,只是记不得您的名字了。'

"她的脸微微一红,说:

"'我是朱莉·勒菲弗夫人。'

"我从未如此震惊过。我感觉就在一瞬间,一切都完了!就好像是蒙在我眼前的面纱被撕开,等在我眼前的将是可怕而让人心碎的东西。

"是她!这位平庸的胖妇人,怎么会是她?我与她分别之后,她就生了这四个女孩,她们带给我的震惊不亚于她们的母亲。她们由她所生,已经长大,在生活中已渐渐崭露头角,占得一席之地,而她,这个曾经高雅艳丽得不可方物的女子,已经什么都不是了。我仿佛昨天才见过她,可如今她却变成了这个样子。这怎么可能呢?一种强烈的忧伤攫住了我的心,我想要对抗自然的规则,面对它粗鲁的行为、可耻的破坏,我没来由地愤慨不已。

"我错愕地看着她,然后,握住了她的手,不禁热泪盈眶。我哀悼了她的青春,也哀悼了她的死亡。因为我所认识的她,根本不是眼前这位胖妇人。

"她仿佛也有所触动,小声地说:

"'我变了许多,是不是?可那又能怎样呢?一切都过去了。

瞧,我成了妈妈,就只能本本分分地做一个妈妈,一个好妈妈了。至于其他的身份,早就和我说再见了,一切都到此为止了。噢!我以前就一直想,如果我们还能相见,您一定认不出我了。但话说回来,您也一样啊,您也变了,我花了点时间才敢确定我没有认错人。您的头发都白了。想想看,已经十二年了!十二年啊!我的大女儿都已经十岁了。'

"我看了一眼那个女孩。她身上已显现出她母亲昔日的魅力,但仍旧非常模糊,假以时日才能完全成形。但时光流逝快得像一列疾驰的火车。

"我们到了迈松-拉菲特。我吻了一下昔日旧友的手。除了一些让人尴尬的客套话,我真的不知该对她说什么了。或者说,因为太过激动,我早已说不出话来。

"那天晚上,我独自待在家中,久久地凝视着镜子里的自己。终于,我想起了自己过去的模样,仿佛又看见了我棕色的山羊胡和乌黑的头发,以及那张焕发着青春气息的脸。可是现在,我老了,和一切都永别了。"

月光

而那天晚上,月光才是你真正的情人。

朱莉·鲁贝尔夫人在等着她从瑞士旅游归来的姐姐，亨利埃特·勒托雷夫人。

勒托雷夫妇离家快五周了。亨利埃特夫人让丈夫先独自回他们在卡尔瓦多斯省[1]的府邸，因为那里有些事情需要他去处理，而她自己则去巴黎妹妹家小住几日。

黄昏临近。富丽气派的小客厅在夕阳之下显得有些昏暗，鲁贝尔夫人心不在焉地读着书，稍有动静就会抬起眼睛。

终于，门铃声响起，姐姐裹着宽大的旅行外套出现在眼前。姐妹俩还没来得及彼此端详一番，就立即紧紧地将对方拥入怀中，两人稍稍松开一点，又会马上重新拥抱。

接着，亨利埃特夫人还在摘头巾和帽子的时候，两人就开始说起话来，互相问候着对方的健康、家庭情况，还有许许多多别的事情，她们天南地北地聊着，话说得既着急又断断续续的，往往这句还没说完，就跳到了下一句。

---

[1] 卡尔瓦多斯省：法国下诺曼底大区所辖的省份。

夜色降临。鲁贝尔夫人按了小铃，让人送一盏灯来，灯一送到，她又看向了姐姐，准备再次拥抱她。可她愣在原地，瞠目结舌。原来，勒托雷夫人的鬓边长了两大绺白发。她其余的头发依旧乌黑油亮，可就是在那儿，只有那儿，两鬓边，仿佛流淌着两条银色的小溪，很快地没入浓黑如墨的发髻里。可她才刚满二十四岁，而且这两绺白发是她去瑞士后突然长出来的。鲁贝尔夫人呆着没动，惊讶地看着姐姐，仿佛对方遭遇了什么神秘可怕的祸事。她问：

"你怎么了，亨利埃特？"

姐姐笑了，那是一抹哀愁的微笑，略显病态的微笑，她回答：

"相信我，没什么。你是看到我的白发了吗？"

可是鲁贝尔夫人激动地抓住了她的肩膀，眼神上上下下地打量着她，不停地问：

"你怎么了？快告诉我。你撒谎的样子，我一眼就能看出来。"

她们面对着面，亨利埃特夫人面色苍白，几欲晕倒，低垂的眼睛里热泪盈眶。

妹妹还在追问：

"发生什么事了？你到底怎么了？回答我好吗？"

终于，姐姐用认输的语气嗫嚅道：

"我……我有了一个情人。"

说完，她额头抵在妹妹的肩上，抽泣起来。

过了一会儿,等她稍稍平静了一些,胸脯的剧烈起伏也缓和了一点,她又突然开口,仿佛是要把这个秘密从自己的心里抛出去,再将她的痛苦倾倒进另一颗亲近的心里。

于是,两个女人紧紧地握着对方的手,来到昏暗的客厅尽头,双双陷进一张长沙发里,妹妹用胳膊搂着姐姐的脖子,让她靠着自己的胸口,倾听着对方的苦恼。

"噢!我承认这事无从辩解;我自己都不懂怎么会这样,从那一天起,我就疯了。你也要当心啊,妹妹,当心自己,要知道我们是那么软弱,那么容易服软,堕落起来是那么快!只要出了一点点小事,哪怕是最微末的,微末的,一点恻隐之心,一丝在灵魂中骤然闪现的忧愁,一种会在某些时候出现的、我们都有的张开双臂、去亲热、去拥吻的需求。

"你是知道我丈夫的,你也知道我是爱他的,可他太成熟、太理智了,根本不理解一个女人内心的轻柔颤动。他总是,总是一成不变,总是那么优秀,总是微笑着,总是殷勤体贴,总是那么完美。噢!有时我多么希望他能突然把我搂进怀里亲吻我,那绵长甜蜜的吻能把我们融为一体,就像无声的告白一样;我多么希望他也能放松懒散一点,也能有意志薄弱的时候,希望他能渴求我,渴求我的爱抚,渴求我的泪水!

"这一切都是愚蠢至极的,可我们,我们女人就是这样的人。

我们又有什么办法呢?

"然而,我脑子里从来没有闪过要欺骗他的念头。可如今,这却成为了事实,说不上是爱情,也没有什么理由,什么都没有,只是因为一天晚上,在卢塞恩湖[1]的上空,有一轮明月。

"我们一起旅行了一个月,丈夫的平静和漫不经心败坏了我的兴致,扑灭了我的激情。当我们乘坐的四驾驿车迎着初升的太阳,顺着斜坡向下飞驰时,我透过薄薄的晨雾,眺望见一道道峡谷、一片片树林、一条条河流、一座座村庄,便开心地拍起手来,并对他说:'多么美丽的景色呀,亲爱的,吻我吧!'而他却面带和善而冰冷的笑容,耸耸肩,回答我:'哪有因为风景好看,就亲亲抱抱的。'

"他的反应让我心寒至极。可我依旧认为,若是两人相爱,在令人陶醉的景色面前,心中就应该升腾起一种更爱对方一点的欲望。

"总之,我的身体里有一股沸腾的诗意,而他却不让我尽情抒发。该怎么跟你说呢?我就像一口满是蒸汽的大锅,却被盖得严严实实。

"一天晚上(当时我们已经在弗吕伦[2]的一家酒店住了四天

---

[1] 卢塞恩湖:又称琉森湖、四森林州湖,位于瑞士中部,是瑞士的第四大湖之一,也是完全位于瑞士境内的第一大湖。
[2] 弗吕伦:瑞士城市,位于乌里州。

了），罗贝尔有点头痛，吃过晚饭后就立马上楼睡觉了，而我就一个人去湖边散步。

"那是个童话般的夜晚。圆润饱满的明月在空中发出夺目的光芒，高大的群山覆盖着积雪，就像戴着银色的头饰，湖面上水光潋滟，每一丝细小的波纹都在闪烁着微光。空气很是甜美，一种沁人心脾的温热让人酥软迷离，无来由地感动起来。此情此景之下，灵魂是多么敏感，多么容易动情啊！它剧烈地颤抖，感受着强烈的情感！

"我在草坪上坐下，凝望着那片忧郁又迷人的湖泊，然后在我身上发生了一件奇怪的事：我心里升起了一种难以满足的对爱情的需求，一种对自己沉闷寡淡的生活的抗拒。怎么，难道我就永远不能和心爱的男子互相依偎，一起沿着洒满月光的堤坝散步吗？在上帝似乎特意为爱情创造的温柔夜晚里，爱人们都在交换着深沉、甜蜜、让人神魂颠倒的热吻的时候，难道我就永远也无法感受这种美妙滋味的降临吗？难道我就不能在夏季清冽的夜色里，被一对狂乱的臂膀热烈地搂进怀里吗？

"想到这里，我就像个疯子似的哭了起来。

"然后我听见身后传来了声响。一个男人站在那里看着我。我转过头去，他认出了我，并走向我，问：

"'您哭了，夫人？'

"那是一位年轻的律师，他同他母亲一道旅行，也和我们遇见过几次。他的目光也经常追随着我。

"我彻底慌了神,不知该如何作答,也不知该想些什么。我站起来,告诉他我不太舒服。

"他便和我并肩散步,举止自然,很讲礼节,还和我谈起了我们的旅行。我心中全部的感受,他都能用语言表达出来,所有让我战栗颤抖的事情,他都能感同身受,甚至比我更有体会。突然,他为我念起了诗,缪塞[1]的诗。我激动得说不出话来,被一股难以言喻的情感牢牢抓住。就连群山、湖泊、月光都仿佛在歌咏着无法言说的柔情……

"这一切犹如幻觉,我不知道是怎么发生的,也不知道为什么会发生……

"至于他……我一直到第二天动身离开时才再次见到他。

"他还给了我他的名片!……"

勒托雷夫人虚弱地倒在了妹妹的怀里,发出几乎是喊叫的呻吟。

而沉思中的鲁贝尔夫人神色严肃,温和地说:

"瞧,姐姐,我们爱的往往不是某个男人,还是爱情本身。而那天晚上,月光才是你真正的情人。"

---

[1] 缪塞:即阿尔弗雷德·德·缪塞(Alfred de Musset, 1810—1857),19世纪法国浪漫主义诗人、小说家、剧作家。

孤 独

人生中的巨大折磨全来源于我们永恒的孤独。

那是在一次男士们的晚餐之后。大家很开心。其中一位老朋友对我说：

"你愿意去香榭丽舍大街上走一走吗？"

于是，我们就出发了，沿着长长的大街，漫步在刚抽出嫩芽的行道树下。除了巴黎这座城市发出的连绵的噪声外，街上就没有别的声响了。清风拂过我们的脸颊，群星在黑夜中播撒着金光。

我的同伴对我说：

"我也不知道为什么，夜晚，在这里，我能呼吸得比在别处更畅快。就好像我的思维在这里得到了延展。有时，我的精神中会出现这样的光芒，让我在那一瞬间以为自己将要发现事物的神圣秘密。然后，窗户却又关上了。一切到此结束。"

我们时不时地瞧着两个影子沿着花坛滑过；我们经过了一张长凳，上面并肩坐着两个人，但只能叫人瞧见一团黑影。

身边的朋友又低声说：

"可怜的人们！他们并没有激起我反感的情绪，反而让我对他们心怀同情。在人生的种种谜题之中，我只深究了一个：人生中的巨大折磨全来源于我们永恒的孤独,而我们所有的挣扎,所有的行为,都只是为了让我们逃避这种孤独。这些人,这些坐在露天长凳上的情侣们,其实同我们一样,同所有人一样,都在设法摆脱孤单的状态,哪怕只有一分钟也好;但他们仍旧,仍旧是孤零零的;我们也是如此。

"人们或多或少都意识到了这一点,就是这样。

"一段时间以来,我一直都因为明白、发现了自己活在孤独之中,而忍受着可怕的折磨,我也知道没有任何事物可以消解这种孤独,没有,你明白吗?无论我们有何种企图,无论我们做了什么,无论我们心怀怎样的冲动,无论双唇有多诱人,拥抱有多紧密,我们始终都是孤独的。

"今晚我拖着你出来散步,就是为了不要回家,因为我正深深地面临着住所之内的孤独。可这又有什么用呢?我对你说话也好,你听我说话也罢,我们两个人还是孤独的,哪怕肩挨着肩,也是孤独的。你能明白我的意思吗?

"《圣经》说道:思想单纯的人有福了。他们怀着幸福的错觉。这些人啊,他们根本感受不到我们孤独的苦痛,他们不像我那样在生活中漂泊流浪,除了与人擦肩,和外界就没有别的接触,除了自私地满足于了解、旁观、猜想,以及无止境地忍受我们永久的孤单,就没有别的快乐。

"你觉得我有点魔怔了,是吗?

"你听我说。自从我体会到自身的孤独以来,我似乎走进了一个昏暗的隧道,每天都要前进一点,但我找不到它的边界,也不知道它的尽头在哪儿,而它可能根本就没有尽头!我行走着,没有伙伴同行,周围也没有人,没有任何一个活人与我走着同样一条黑暗的隧道。这条隧道,就是生活。有时,我能听到一些声响,是说话声,是喊叫声……我摸索着迎向那混杂的声响。可我永远也不知道这些声音从哪里传来,我没有遇到过任何人,在这将我牢牢包裹的黑暗中,我也从未触碰过别人的手。你能明白我吗?

"有几个人也猜到这种残酷的煎熬。

"缪塞曾大声喊出:

是谁来了?谁在唤我?——空无一人。
只有我一个——响起的只是钟声。
啊,多么寂寥啊!——啊,多么孤独啊![1]

"但是,对于他而言,这不过是一种暂时的困惑,不像我,在我眼里,这是一件确凿无疑的事。他是一位诗人,他在生活中注满了幻想与梦境。他从来都不是真正地孤独着——而我,我是孤独的!

---

[1] 节选自缪塞的诗歌《五月之夜》。

"居斯塔夫·福楼拜[1],是这个世界的伟大的不幸者之一,因为他也是伟大的清醒者之一,他在给一位女性友人的信里,不是也写下过一句心灰意冷的话吗:'我们都身处荒漠之中。谁都不能理解谁。'

"是啊,谁都不能理解谁,不管我们想些什么,不管我们说些什么,也不管我们做些什么。地球知道在那些星球上发生过什么吗?星星们就像火种一样散落在宇宙中,因为它们离我们那么遥远,所以我们只能看到其中几颗的闪光,而其他不计其数的星群则匿迹于无边无际的空间里,这些星群密切地靠近彼此,就像一个物体的分子一般,可能已形成了一个整体。

"同理,一个人就更不能知道别人身上发生的事了。与星体相比,人与人之间的距离更加遥远,尤其是,人活得更加孤立,因为人类的思维是不可测量的。

"即便是长期接触的人,我们也永远无法深入了解他们,你能说出比这更可怕的事情吗?我们彼此相爱,仿佛被亲密无比地串连在一起,可是我们伸着手臂,却怎么也够不到对方。一种折磨人的、对结合的渴求在刺激着我们,可是,我们付出努力总是白费力气,我们毫无保留的信任总是毫无用处,我们互诉衷肠总是徒劳无益,我们的拥抱总是软绵无力,我们的关切挂怀也总是没有意义。

---

[1] 居斯塔夫·福楼拜(Gustave Flaubert, 1821—1880):法国作家。

当我们想互相交融时，心中对对方的激情只会给彼此带来伤害。

"当我向某位友人倾诉心中感想时，更是前所未有地觉得孤独，因为那时，我更加感受到人与人之间不可逾越的鸿沟。这位友人就在那里，我看到他目光清亮地看着我，可是对那双眼睛后面的灵魂，我却一无所知。他在听我说话。可是，他在想什么？对啊，他在想什么呢？你不能明白这种煎熬吗？他可能在憎恨着我？或者瞧不起我？他在思考我说的话，他在评价我，他在嘲笑我，他在谴责我，他在觉得我很平庸或愚蠢。怎样才能知道他在想什么呢？怎样才能知道他是否像我爱他一样地爱我呢？怎样才能知道这颗圆圆的脑袋在动着什么脑筋呢？他人未知的想法是何等神秘，那是隐蔽而自由的想法，我们既不能探知，也无法引导、控制、征服！

"而我呢，我曾想献出全部的自己，敞开整个胸怀，但也只是枉然，我无法将自己交付出去。我在内心深处，最深处，保守着属于'我'的、无人踏足的秘密之地。没有人能发现这处秘境，更不能进入，因为没有人与我相似，因为谁都不能理解谁。

"你能懂我吗？至少，此时此刻，能懂吗？不，你觉得我疯了！你在审视我，你在防备我！你在想：'他今晚是怎么啦？'可是，有朝一日，你若是明白了，能够完全理解我那可怕又模糊的痛苦时，你只需要来对我说一句：'我已经能懂你了。'你只需这样做，就足以让我幸福，也许只有一瞬间。

"而最能让我感受到孤独的,是女人。

"惨啊!太惨了!她们让我受尽了苦头,因为她们往往比男人还能让我误以为自己不是孤单一人!

"当人们坠入'爱河'时,自己都仿佛膨胀了。一种非凡极致的快乐会向你袭来。你知道为什么吗?你知道这种巨大的幸福感从何而来吗?这仅仅是因为人们以为自己不再孤单了。与世隔离、被人类抛弃的感觉仿佛不复存在了。真是大错特错啊!

"对爱情永恒的需求吞噬着我们孤独的心,而比起男人,女人更受这份需求的折磨,她们就是'幻想'编织出的最大谎言。

"你也知道与一个披着长发、身材迷人、眼神魅惑的女人面对面相处的时光是多么美妙。那种迷离能让我们丧失理智!那种幻觉能让我们神魂颠倒!

"我和她,我们将会合为一体,这似乎要不了多久,是吗?可是这个'要不了多久'永远没有尽头,几个星期的等待、期望和虚假的快乐过后,我在某天突然发现,自己比过去还要孤独。

"在每一次接吻、每一次拥抱之后,孤独感都会愈演愈烈。它是多么让人沮丧,多么可怕啊!

"一位名叫苏利·普吕多姆[1]的诗人不是写过这样的诗句吗:

---

[1] 苏利·普吕多姆(Sully Prudhomme,1839—1907):法国第一个以诗歌著称的天才作家,是第一个获得诺贝尔文学奖的人。

亲密爱抚只是焦虑的传递，

不幸爱情的无果尝试

企图用身体实现灵魂合一……[1]

"之后，我们就永别了。一切都结束了。我们几乎认不出这个女人了，哪怕在生命中的某个时期，她曾是我们的一切，我们也从未知晓过她隐秘的也可能只是最普通的想法！

"甚至当我们仿佛因为彼此之间某种隐秘的和谐，因为所有的欲望和期许完全融合，而能够深入到她内心的时候，一个词，有时仅仅一个词，就足以揭示我们的错误，像划过夜空的闪电一样，让我们看清了横亘在我们之间的黑洞。

"然而，世间最妙的事情，依旧是与自己心爱的女子共度良宵，无需开口说话，只消有她的存在，便能让你觉得幸福圆满。我们不能再索取更多了，因为两个人是永远也不能融为一体的。

"至于我，如今，我已关上了心门。我再也不会告诉任何人我所相信的、我所想的和我所爱的。我深知自己注定要忍受可怕的孤独，便只旁观周遭的事物而不发表自己的看法。观点、争论、快乐、信仰，这些又有什么意义！既然不能与任何人分享任

---

[1] 节选自苏利·普吕多姆的诗歌《抚爱》，该诗收录于其诗集《孤独》，其主题是孤独的个人对爱的欲求。

何事,我也就对一切都漠不关心了。我的想法,无人可见,也无人可查。每天,对待各种询问,我都用平乏无味的套话作答,当我都懒得开口的时候,便用一个微笑来表达:'是的。'

"你明白我的意思了吗?"

我们沿着漫长的大街一直走到了凯旋门[1],然后又走到了协和广场[2],因为他语速很慢地抒发着这些想法;他还说了很多别的事情,但是我现在都记不起来了。

他停了下来,突然抬手指向矗立在巴黎街头的花岗岩方尖碑[3]的高处——石碑那极具埃及风情的轮廓隐没在繁星之中,流落于异乡的建筑,凭借刻写在侧面的奇怪字符,承载着自己国家的历史——我的朋友喊道:

"看,我们都和这块石头一样!"

然后,他一句话也没说就离我而去。

他喝醉了?他是疯子?还是智者?我依旧不太清楚。有时,我觉得他很有道理,有时,我觉得他丧失了理智。

---

[1] 凯旋门:即雄狮凯旋门,位于法国巴黎的戴高乐广场中央,香榭丽舍大街的西端。

[2] 协和广场:位于巴黎市中心,塞纳河北岸,香榭丽舍大街中段。

[3] 方尖碑:此处应指位于协和广场中心的古埃及方尖碑,原供于卢克索神庙前,1836 年由埃及总督赠送给查理五世。碑身由整块粉红色花岗岩雕刻而成,上面刻满了埃及象形文字,赞颂埃及法老的丰功伟绩。

"甘柠露,甘柠露,新鲜清凉的甘柠露!"

尊敬的先生,这会给您带来好运的。

我听人描述过奥利维耶叔叔去世前的情形。

我所知道的是，那是在七月份的时候，屋外烈日炎炎，所以人们关上了百叶窗，叔叔就躺在昏暗的大房间里，轻轻地、慢慢地呼吸着，即将咽下最后一口气。在那酷暑的午后，一切都沉浸在令人窒息的宁静之中。忽然，街上传来一小阵铃铛声响，随后，一串清冽的嗓音穿透了沉重的溽热："清凉甘柠露，给您消消暑。夫人们，甘柠露哟甘柠露，谁想来杯甘柠露？"叔叔闻声动了一下，仿佛有一丝淡淡的微笑爬上了他的嘴角，那一道人生中最后的欢愉光亮在他眼中亮起。然而很快，这道光便永远地熄灭了。

我参与了叔叔的遗嘱宣读仪式。堂兄雅克自然是继承了他父亲的财产，而我也获赠了一些家具作纪念。遗嘱最后一项也与我有关，内容是："本人存于写字台左侧抽屉里的那几页手稿交由侄子皮埃尔保管；另赠其五百法郎用于购置猎枪，并附上一百法郎，委托其以本人名义，将之交予其即日起遇到的第一位甘柠露商贩……"

听到这条遗嘱，众人皆惊讶不已。不过，那份留给我的手稿对这项令人疑惑不解的遗产安排作出了解释。

我把手稿原原本本地抄录下来，内容如下：

"人类总是生活在迷信的桎梏里。过去，人们相信天上有一颗星星亮起，就代表世间有一个孩子降生，这颗星星承载着孩子一生的轨迹，孩子幸福它就发光，孩子受苦它就黯淡。现在，人们又深信彗星之力、闰年效应以及星期五和数字十三[1]的魔力。人们还猜想，某些人善施巫术，邪眼有毒[2]，遇到这些人，人们就说：'遇到他准没什么好事。'这些都是真的，至少我是相信的。或者这么说吧，我不相信人类与万物有什么神隐之力，但相信冥冥之中的巧合安排。可以确定的是，在机缘巧合的作用下，彗星划过天际或是轮到闰年时，总会发生一些大事，不少天灾人祸也总是撞上周五这个日子或是与数字十三有关；再有，我们遇到某些人的某些情境，总会给我们似曾相识的轮回感，以上种种，都会让人产生迷信心理。人们之所以会产生迷信思想，是因为他们片面肤浅地看待问题，把一切归结于巧合，但又不深究其根本原因。

---

[1] 在西方，星期五和数字十三都是噩运的象征。
[2] 邪眼有毒：流传于欧洲的迷信说法，认为只要被长了邪眼的人看一眼，就会遭厄运。

"至于我,我的运星,我的彗星,我的周五,我的十三,我的命运术士,却是一个卖甘柠露的小贩。

"据说,我出生那日,就有这样一个卖甘柠露的小贩在我家窗前叫卖了一整天。

"八岁的某一天,我和保姆在香榭丽舍大道散步。我们横穿大街时,也有一个这样的小贩在我身后摇响了铃铛。保姆的目光被远处走过的一队士兵吸引走了,而我想转身看看那个卖甘柠露的小贩。这时,一辆双驾马车如一道耀眼的闪电,迅猛地向我们冲来。车夫竭力大叫,可是保姆没有听见;我也没有听到他的叫喊,只感觉自己被撞翻在地,滚了几圈,还受了伤……然后不知怎的就被那甘柠露小贩抱在了怀里。为了给我压惊,他把我的嘴巴对准一个铁桶的龙头,给我灌了几口甘柠露……这么一来,我就完全恢复过来了。

"而我的保姆则被撞断了鼻梁骨,即便她继续盯着士兵们看,他们也不会再多瞧她一眼。

"十六岁那年,我买了人生中的第一把猎枪。开猎前夕,我扶着因患风湿病而行动缓慢的老母亲走向驿站,突然,我听见身后响起一声:'甘柠露,甘柠露,新鲜清凉的甘柠露!'这声音越来越近,尾随着我们,追逐着我们,仿佛是专冲我而来的人身攻击和人格侮辱。我觉得在一旁看着我的人们都在嘲笑我,而那人还在叫着:'新鲜清凉的甘柠露!'就好似在嘲讽我锃亮的猎枪、崭新的猎袋和我那身簇新的栗色丝绒猎服。

"直到我上了车,那吆喝声也依旧萦绕不去。

"第二天,我猎物没打着,却误射了不少次,不是把跑动着的小狗当成了野兔,就是把小母鸡当成了山鹑,明明瞄准了落在篱笆上的小鸟,可一开枪,鸟飞走了,凄厉的牛叫倒是让我怔在了原地,那哞哞的叫声一直持续到夜里……唉,我父亲不得不赔一头母牛给那倒霉的农夫。

"二十五岁的一个早晨,我遇到一位卖甘柠露的老商贩,他满脸皱纹,佝偻携杖,步履维艰,仿佛要被他身上的大桶压垮似的。在我眼里,他像一位神灵,是所有甘柠露小贩的族长、先祖、大首领。我要了一杯甘柠露,付给他二十苏[1]。一道深沉的嗓音响起,深沉得不像是他自己发出的,反倒像是从他背着的马口铁桶里传出来的:'尊敬的先生,这会给您带来好运的。'

"那一天,我结识了我的妻子,在与她携手相伴的日子里,我一直都觉得很幸福。

"最后,我要说说甘柠露小贩是怎么让我与省长之位失之交臂的。

"那时,刚刚发生了一场革命,而我心中也萌发出了成为公众人物的想法,毕竟我有家底有名望,还和一位部长有点交情。

---

[1] 苏:法国原辅助货币,一法郎等于二十苏。

我向他表明了自己的意愿,并希望能和他当面谈谈,而他也非常亲善,爽快地接受了我提出的会面请求。

"到了约定的日子(时值夏日,酷热难当),我身着一件浅色的裤子,手戴一副浅色的手套,脚穿一双漆皮底的浅色呢绒高帮鞋。街道上升腾着灼灼的热气,路面都被晒化了,人走在路上还会往下陷。笨重的洒水车把马路变成了污水坑,马路清洁工每隔一段路就会把这些人为形成的热泥浆扫成一堆,推到阴沟里。我满脑子只想着会面的事,脚下走得飞快,遇到一条脏兮兮的污水沟时,正打算铆足劲跨过去。一,二……这时一阵尖锐刺耳的叫声直击我的耳膜:'甘柠露哟甘柠露,谁想来杯甘柠露?'我也像人们受到惊吓时那样,不由自主地一晃,然后就滑倒了……这简直是灾难性的残酷一幕:我坐在了那堆泥浆里……我的浅色裤子被染成了深色,白鞋子上溅满了泥点,而我的帽子则掉在一旁,浸在泥水里。那小贩因大力吆喝,声音显得抓狂而嘶哑,他一直喊着:'甘柠露哟甘柠露!'我面前有二十来人,一个个都笑得前俯后仰,甚至还冲我做出可怕的鬼脸。

"尽管我跑着回家换了身衣服,但还是误了会面的时间。"

手稿的结尾是这样的写的:

"小皮埃尔,交一个卖甘柠露的朋友吧。而我,若能在临死时分听到一声叫卖甘柠露的吆喝,便也能心满意足地离开这个世界了。"

第二天,我在香榭丽舍大道上遇到一个看起来既年迈又可怜的甘柠露小贩。我把叔叔交给我的一百法郎送给了他。他惊诧地颤抖起来,然后对我说:"真是太感谢您了,小少爷,这会给您带来好运的。"